U0688458

起风了

Hori Tatsuo

〔日〕堀辰雄 著

廖雯雯 译

四川人民出版社

图书在版编目（CIP）数据

起风了 /(日) 堀辰雄著 ; 廖雯雯译. –– 成都：
四川人民出版社, 2023.8
ISBN 978-7-220-13397-8

Ⅰ. ①起… Ⅱ. ①堀… ②廖… Ⅲ. ①中篇小说—日
本—现代 Ⅳ. ①I313.45

中国国家版本馆CIP数据核字（2023）第141995号

QI FENG LE

起 风 了

[日] 堀辰雄　著　廖雯雯　译

责任编辑	王卓熙
封面设计	李其飞
版式设计	张迪茗
责任校对	袁晓红
责任印制	周 奇

出版发行	四川人民出版社（成都市三色路238号）
网　　址	http://www.scpph.com
E-mail	scrmcbs@sina.com
新浪微博	@四川人民出版社
微信公众号	四川人民出版社
发行部业务电话	（028）86361653　86361656
防盗版举报电话	（028）86361653
照　　排	四川胜翔数码印务设计有限公司
印　　刷	四川机投印务有限公司
成品尺寸	145mm×208mm
印　　张	8.25
字　　数	143千
版　　次	2023年8月第1版
印　　次	2023年8月第2次印刷
书　　号	ISBN 978-7-220-13397-8
定　　价	52.00元

■版权所有·侵权必究
本书若出现印装质量问题，请与我社发行部联系调换
电话：（028）86361656

[目录]

抒情诗、遁走曲或爱的遗书

如果搭乘JR小海线，穿过八岳山高原，在终点站小诸换乘私铁信浓铁道，二十分钟后便能抵达日本长野县有名的避暑地轻井泽。走出轻井泽车站，沿旧轻井泽银座大道往北徒步半小时左右，可以看到"堀辰雄638番别墅旧址"，附近的"つるや旅馆"（蔓藤旅馆）是日本新心理主义派代表作家堀辰雄写作《美丽村》时（1933年）投宿的旅馆。而从信浓追分车站往西徒步二十分钟，则可到达"堀辰雄文学纪念馆"，霏霏雨中，小径上的故事穿过漏光的树，完成夏天的循环。

我想，即便把堀辰雄的主要代表作归入"轻井泽文学"，也是十分恰当的。新绿的浅间山，少女如夏花般易逝，相遇和离别，爱与死……这些要素构成堀辰雄笔下青色物语的主体。他不厌其烦地提及轻井泽，提及高原邂逅的蔷薇色少女，因为他人生最重要的转折几乎都在那里实现。

1904年，堀辰雄出生于日本东京。本是理科生的他，在高中时代便与文学界的挚友神西清、室生犀星、芥川龙之介等人结缘，后来考入东京帝国大学文学部国文科。毕业后，堀辰雄与新感觉派作家川端康成、横光利一创办同人志《文学》，可以说其写作风格受过新感觉派的影响，但他本人喜爱法国文学，并很快将西方文学中的意识流、心理主义等创作手法与日本古典王朝女性文学相结合，所以把他归入新心理主义派似乎更为准确。堀辰雄终生为肺结核所困，曾和同患肺结核的未婚妻矢野绫子一道于长野县富士见高原疗养所静养，然而在两人订婚的翌年（1935年）12月，矢野绫子病逝。死亡不可避免地作为爱的对立面，反反复复如同梦魇般出现在他的小说中。1941年，堀辰雄发表长篇小说《菜穗子》，荣获第一回中央公论社文艺奖。1943年，于杂志《妇人公论》上连载随笔系列《大和路·信浓路》，其后不久再度咯血，病情一度危重。1953年，堀辰雄因肺结核恶化去世于信浓追分。

堀辰雄赋予他的男女主角非常含蓄的情感表达，基调总是清新又淡雅。他的文笔和写作题材相比同时期别的日本小说家，具有极好区分的西洋风味，可说是其作品的特质。他经常在文中借鉴、引用欧洲小说家或诗人的作品，如普鲁斯特、里尔克、拉迪盖等，运用意识流的创作手法，早期十分擅长驾驭短句（《鲁本斯的伪画》《神圣家族》时期尤为明显），形成某种螺旋般往复飞扬的流畅节奏，并且喜欢把故事舞台安排在欧风浓郁、西洋人别墅群集的轻井泽，让夏天的各种意象散漫飘荡在字里行间，好似淙淙音符，给原本西洋风的故事缀下日本式的注脚。

本书选译堀辰雄不同时期的七部作品，含中篇两部《起风了》《美丽村》、短篇五部《鲁本斯的伪画》《神圣家族》《麦蒿帽子》《燃烧的脸颊》《旷野》。

《起风了》是堀辰雄作品中最为中国读者所熟知的小说。大约从1936年开始动笔，取材自堀辰雄与矢野绫子（同时她也是堀辰雄在《美丽村》的"夏"章里着力描写的向日葵般的少女）的亲身经历，像一封遗书，写尽相爱和承诺在宿命面前的无能为力。死亡的阴影让此前看似合理的爱情关系宣告失衡，表面看是"我"陪节子(文中女主角)到高原疗养院治病，实质是一对关系主体彼此顾虑、胆战心惊地在远离都会的乡野构筑游离于尘世的"幸福"。时间越久，越接近谎言，爱情宛如危险地飘在火山口的花瓣。能做的很有限，爱不能解决许多问题，比如死亡。直到最终章"死亡阴翳之谷"，节子病逝，"我"独自回到阔别三年的山间村落，过着几乎与世隔绝的生活，在枯木林中，在小径尽头，在川流的潺潺水声里感到节子的身影无处不在，终于察觉是"死"拯救了"生"，并从深雪掩埋的幽谷为"我"辟出一条洒满灯光的前路，点亮余生。

两相对照之下，《美丽村》（1933年）无论选材还是氛围都清澈明快。同样是风景如画的轻井泽，时间点比《起风了》提前近三年。在这里，29岁的他遇到了希望相伴一生的姑娘，她戴着黄灿灿的麦蒿帽子，像一株开在窗边的向日葵。死亡离他们还很远，死亡离一切都很远，爱情散发着初相见时的芬芳。山丘、水车小道、落叶松林、野蔷薇花丛奏出的间歇乐曲、山间废弃的古旧别墅、露台外漫无止境的高原夕阳……所有的一切组成巴赫遁走曲，唱出田园牧歌的抑扬顿挫，头顶一片湛蓝，花田满目青绿，姑娘的调色板有弯彩虹。故事在"我"和她投宿的旅馆背后的坡道上戛然而止，永生美好的爱情点缀在D小调的水车下，伴着咕咚咕咚的声音历久弥新。

1929年发表《笨拙天使》后，堀辰雄作为文坛新人备受瞩目，然而他却将《鲁本斯的伪画》定义为自己的处女作。堀辰雄与日本小说家芥川龙之介亦师亦友，曾共同前往轻井泽避暑，并经芥川介绍，于1924年结识片山广子母女。《鲁本斯的伪画》初稿发表于1927年，采用意识流手法，以片山母女为原型，把晚夏时节的轻井泽编织成洗练的抒情诗，起承转合处是浅间山光滑的斜坡。这个小故事不足万字，不比后来的《起风了》《美丽村》对轻井泽景致一唱三叹，而是简笔勾画贝壳状的云朵、绵延的斜坡、印度红小木屋，如同恬淡的水彩。全文旨在层层递进地展示男主角每日微妙变幻的恋爱心理，一点点从周遭风景的"庇护"中剥离他迷茫优柔的内心。本文是堀辰雄特意准备的礼物，送给轻井泽和只在夏天相遇的少女。

1927年，芥川龙之介的自杀给当时文坛的一批青年作家带来巨大冲击。《神圣家族》以芥川之死为切入点，依然以片山母女为原型，延续了《鲁本斯的伪画》的"母与女"情感主题，基调却比前者晦暗得多。在《鲁本斯的伪画》中，男主角与他所恋慕的那对母女置身晚夏的高原，感情之朦胧不可言说，但"不说"不意味着必须"选择"，窗外美丽的风景原谅了一切，包括不可言说的爱情。而在《神圣家族》中，九鬼的死亡将男主角河野扁理与细木母女的情感推去另一个季节，由于容不下逼仄的爱情，为了理清心中所想，河野从细木母女身边落荒而逃。在九鬼当年去过的海边小镇，在不可推卸的生死之间，爱便显得微不足道。

《麦蒿帽子》发表于1932年，取材自堀辰雄在1921年夏天随国文学者内海弘藏一家前往千叶县富津市度假的一段经历，描绘了少年少女晨雾般短暂朦胧的恋情。小说尾声发生的那场"彻底颠覆了爱的秩序"的地震抹杀一切，也澄清一切，少年明白自己和少女之间早已无所谓爱意，第三次前去海边贝壳似的小村时，他就把寄存在那儿的"青涩夏天"取了回来，地震只不过让他确信这一点，仅此而已。少女和她的家人坐在借来的马车上，"犹如家畜般"去往遥远某处的山村避难。他目送她们离开Y村，他感到很悲伤，这段告别甚至比母亲在地震中失踪更让人惘然。

《燃烧的脸颊》发表于1932年，切入点较为独特，描绘两位少年间不曾被点破的暧昧情谊。一次海岸旅行，两人邂逅了当地渔村的数名少女，其中一名目光灵澈的姑娘给"我"留下深刻印象，即便离开很远，她异样的嗓音始终萦绕在耳边。她的影子仿佛一把细小的刷子，将"我"和另一位少年三枝深藏于心的对彼此的敌意，以及某种奇妙的依赖扫得漫天都是，但少年们什么都不说，仓促地结束旅行，在车站依依不舍地告别，像是从来没有过争执，也没有过轻视。多年后，"我"因肺结核住进高原疗养院，在同一栋病楼遇见一名少年，随即想起死去的三枝，恍惚明白了那段奇妙情谊之于此生的意义。

发表《菜穗子》的同年，堀辰雄创作了"王朝小说"《旷野》。从题材来看，也是较为独特的一篇，取材自《今昔物语》第三十卷第四篇《中务省大辅之女在近江郡司家为婢》，是纯正的古典和风物语，延续爱与死的主题，用简短的篇幅讲述一个必然的错过。浮世无常而人情冷淡，女子虽有哀怨却未曾抵抗，如同俯身行过茫茫旷野，卸下周身寂寥，留些许悲哀给那抹想念终生的影子。小说叙述方式和堀辰雄惯用的"欧风小调"大不相同，整体显得更为古雅，景物描写富有传统日本文学的凄清意味，与《古今和歌集》的阅读体验有些相似。

译完上述几部作品，已至暮春。雨水把长野县的群山洗得绿油油的，真是难得的人间好时节。我想或许可以带上舒伯特那首《美丽的磨坊姑娘》，搭乘小海线去轻井泽偶遇夏花般的少女，就像当年的堀辰雄一样。

廖雯雯

2018年清明

起风了

起风了，要坚定方向，努力生存下去。

——保尔·瓦莱里（法国诗人）

序　曲

那些夏天的日子，芒草葳蕤一片的原野中，每当你站在那里热心作画，我总是躺在旁侧一棵白桦的树荫下。就这样直到夕暮降临，你完成画作走近我身畔，而后我们搭着彼此的肩，长久眺望着远方的地平线。在那里，层层叠叠的积雨云勾勒出单薄的茜色花边。接着，与周遭的沉寂全然相反，那条终于陷入四合暮色的地平线上，仿佛有什么正在诞生……

那样日子里的某一个午后（那时已临近初秋），我们将你刚画了几笔的画搁在画架上，悠闲地躺在那棵白桦的树荫下吃水果。白沙般的浮云轻盈地流淌过天空，这时不知从何处倏忽飘来一阵风。透过树叶的缝隙可以窥见头顶的天空，它正稍纵即逝地扯出一片忽隐忽现的琉璃蓝，与此同时，耳边钻入一道钝重的声响，似乎有东西倒在了草丛里。听起来像是我们放在那儿的画与画架一块儿倒下的声音。你随即站起身就要上前，那个瞬间，仿佛为了避免失去什么，我执意拉住你，不让你离开我身边。于是你留了下来。

　　起风了，要坚定方向，努力生存下去。

　　我一遍一遍地重复着那句突如其来的诗，将手搭在你的肩上。你好不容易挣脱我的桎梏，走上前去。颜料还未干透，画布上沾满了草叶。你扶起画架，将那幅画放回去，一边用调色刀剔除上面的草叶，一边说："啊！要是被父亲找到这里来……"

　　你转过头，对我露出一抹意味不明的微笑。

　　"再过两三天，父亲就要来了。"

　　某天清晨，我们在森林里漫无目的地走着，你突然这样说。我沉默着没有出声，模样大约有些不快。于是你看着我，再次用稍稍沙哑的声音道："那样一来，我们就不能像这样出来散步了呢。"

　　"只是散步的话，想出来还是可以的吧。"

　　我似乎依旧不快，分明感觉到你投递过来的视线里带了几分担忧，却装作出神的样子，凝视着头顶沙沙轻响的树梢。

"父亲不会放我出来的。"

我朝你看过去，目光越发焦躁。

"那么你的意思是，我们就此告别了吗？"

"这也是没办法的事，不是吗？"

说着这话的你像是彻底放弃了一切，竭力对我展颜微笑。那一刻，你的脸颊还有你的唇色，不知有多苍白。

"为什么事情会变成这样？明明之前你让我以为，你把一切都交付给我了。"我神情烦躁，仿佛思考很久也得不到答案，在你身后步履维艰地走着。狭窄的山间小道上渐渐蜿蜒起裸露的树根。那一带林木深静，空气幽凉。地面上四处可见小小的水洼。突然，一个念头从我的脑海里闪过。这个夏天，我们不过偶然相遇，如同对这样的我百依百顺一般，不，或许是更加率直地，你把自己的一切都交付给了你父亲，以及包括你父亲在内、从始至终支配着你的所有事物，不是吗？"节子！倘若你是这样的性子，我大约会更喜欢你。倘若我能认清未来生活的方向，一定会不顾一切去找你，在那之前，请像现在一样待在你父亲身边。"我喃喃说着这些话，只说给自己一个人听，同时忽然牵过你的手，像是在征求你的同意。你任我牵着你的手。于是我们就这样十指交握，在一块水洼前停住脚步，沉默了。在我们脚边，日光穿过枝叶交错的低矮灌木丛，斑驳地落在积得深深的小小水洼的底部，落在树下的羊齿植物上。那些从树叶间漏下的日光在抵达地面之前，伴随似有若无的微风轻轻摇动，我注视着它们，心里涌上莫可名状的悲伤。

两三日后的一个黄昏，在餐厅，我看见你正陪着前来接你的父亲一道用餐。你坐在那儿，背影有些僵硬。一定是因为父亲在你身边，你才不自觉展现出那种模样和动作，让我感觉眼前的人无比陌生，好像一个从未见过的小姑娘。

"即便我现在唤一声那个名字……"我喃喃自语着，"她也会若无其事，不往这边看一眼吧，就像我唤的并不是她一样。"

那天晚上，我百无聊赖地出了门，散步回来后，好一会儿都在饭店的庭院中来回踱着步子。四下无人，山百合散发着清香。我注视着饭店房间的窗户，有两三处还亮着灯。灯光朦胧地从窗玻璃上映泻而下，这时隐约起了薄薄的雾，仅剩的灯光便十分害怕似的逐一熄灭。饭店很快变得漆黑一片，随着轻微的声响，一扇窗户慢慢打开。一个穿着蔷薇色睡衣的小姑娘静静倚在窗棂边。我知道那是你。

你们离开后没多久，那些日日缠绕在胸口的近乎悲伤的幸福，至今依旧能够被我清晰地确认。

我在饭店终日闭门不出，着手处理当初为了陪你而弃置许久的工作。我没想到自己能够这么沉静地埋首于工作。在这期间，一切都随着季节流逝了。然后，终于也临到我出发离开的前日。那一天，我久违地走出饭店去散步。

秋天的树林落叶杂乱，几乎辨不清道路。别墅杳无人迹，从叶子稀疏的树丫间，能够看见延伸到远方的露台。菌类植物潮湿的气息混合着落叶的味道。这出乎意料的季节推移带给我异样的感受——自从与你分别后，不知不觉时间已经过去许久。你的离开只是暂时的，我在心底某处始终相信着。是不是因为这样，时序的推移于我而言也拥有了与此前全然不同的意味呢？我模糊地感知着这一点，并在不久之后对它确信不疑。

十多分钟后，我来到树林的尽头。视野蓦然铺陈开去，能够望见远处的地平线。我踏入芒草葳蕤的原野，躺在旁边叶子已经染成金黄的白桦树下。那些夏天的日子，我总是像现在这样，躺在同一片树荫下望着你作画。这时候，不知去往何处的远山破开了那面因风拂动的雪白芒草穗梢，又将它们的轮廓一一清晰地映现在几乎总被积雨云覆盖的地平线上。

我用力凝视着那些远山，像是要将它们暗记在心。当我这样看着的时候，渐渐清楚地意识到，迄今为止潜伏在我体内秘而不宣的东西，来自大自然的极致馈赠，终于在这一刻被我找见了。

春

　　已经是三月。某天午后，我像往常一样漫无目的地散步，途中顺道去了节子家拜访。大门旁的小花园里，节子的父亲正戴着农民常戴的麦蒿帽子，手持剪刀修剪花木。我看着他的身影，像个孩子一样拨开树枝，走近他身边，随意寒暄了两句，而后有些好奇地继续看他修剪花木——像这样将自己整个儿埋进花丛里，不时可以发现细小的花枝上处处闪烁着不知名的白色东西。它们看上去似乎是些含苞待放的花蕾……

　　"最近那孩子已经精神多了。"节子父亲突然将脸转向我，对我说起节子的事情。那段日子，我和节子刚刚订婚。

　　"等她气色再好些，就换一个地方疗养吧，怎么样？"

　　"那样也不错……"像是从刚才起就对眼前的一朵闪闪发光的花蕾十分在意，我有些含糊地道。

"这段时间，我会物色好合适的地方。"节子父亲毫不在意地继续道，"节子说她不太清楚F结核病疗养院，听说你和那边的院长认识？"

我略微心不在焉地应了一声"嗯"，将刚才看见的那朵白色花蕾轻轻拽到眼前。

"不过，她一个人没法待在那边吧？"

"听说大家都是一个人留在那里的呢。"

"可是，照她的情形来看，不可能独自留下吧？"

节子父亲露出一筹莫展的神情，不再看我，而是忽然用剪刀修剪起他面前的一根树枝。看到这里，我终于忍不住道出节子的父亲一直希望我说的那句话。

"那么，不如我陪她一起过去吧。刚好现在手头的工作告一段落了……"

我一边说着，一边轻轻放下刚才拽在手心的带着花蕾的花枝。与此同时，我发现节子父亲的脸色倏然明朗。

"那就再好不过了。只是，对你感到很抱歉啊……"

"没有的事。说不定我这样的人反而更适合在山里工作……"

然后，我们一直聊着那家结核病疗养院所在的山岳地带。不知什么时候起，话题转到了节子父亲正在修剪的花木上，一种类似同病相怜的感觉仿佛为这段漫无边际的闲聊注入了活力。

"节子现在已经起来了吧？"过了一会儿，我若无其事地问道。

"谁知道呢？大概起了吧。去吧，不必拘束，就从这边直接过去。"父亲拿着剪刀指了指庭院木门的方向。我费力地穿过小花园，用力推开木门。门上缠绕着常春藤，稍微有些难开。而后我直接进入庭院，朝节子的房间走去。那间屋子从前一直作为画室使用，现在成了一间隔离病房。

节子早已知道我来了，却似乎没想到我会直接从庭院登门入室。她在睡衣外面罩了一件色彩明丽的和服外褂，躺在长椅上用手摆弄着一顶我从未见过的饰有丝带的女士帽子，仿佛那是她的玩具。

我透过玻璃门注视着这样的她，刚要走去她身边，她像是注意到了我，下意识地想撑起身子坐起来，然而终究保持着横躺的姿势，将脸转向我，有些难为情地微微一笑。

"没有睡觉？"我在玻璃门边动作略微粗暴地脱掉鞋子，对她打了声招呼。

"刚才试着起来活动了一下，马上又觉得累了。"

说着，她自然而然地把那顶随手摆弄着的帽子扔到不远处的梳妆台上，手势倦怠无力。帽子在半途落到地板上。我走过去弯腰拾起它，脸几乎要挨上她的脚尖，然后学着刚才她的模样，玩起了那顶帽子。

我终于开口问道："你拿出这顶帽子，是打算做什么？"

"也不知道什么时候才能戴上它，父亲真是的，昨天偏要给我买回来……父亲很奇怪吧？"

"这是你父亲为你选的？真是一位好父亲啊，不是吗？这帽子，戴上试试吧。"我半开玩笑地就要把帽子给她戴上。

"不要啦……"

她说着半撑起身体，像是不情愿地避开我的手，掩饰般微笑着，又好像突然想了起来，伸出纤细的手指，理了理稍微凌乱的头发。那属于年轻姑娘的自然姿态，仿佛若无其事的抚爱，令我感到一股窒息般的情欲的魅力，于是不由得别过视线……

我轻轻把手里摆弄的那顶帽子放在梳妆台上，忽地思考起什么似的陷入沉默，仍旧不去看她。

"你生气了？"她突然抬起头看着我，语气担忧地问。

"没有。"我终于把目光转回她身上，没有继续那个话题，突兀地开口，"刚才父亲告诉我了，你真的打算去疗养院吗？"

"嗯，就算住在这里，也不知道什么时候才会好起来。只要能够尽快恢复，要我去哪里都行。可是……"

"怎么了？你想说什么？"

"没什么。"

"想说什么都好，告诉我吧……无论如何也不肯说吗？那么我说了？你，其实想说希望我也能一块儿过去，对吧？"

"不是那样的。"她急忙打断了我。

然而我毫不在意，用与刚才完全不同的语调，有些不安地认真道："……不，哪怕你告诉我，'你不必跟着我一块儿去了'，我也会陪着你的。不过啊，还有一件事我有些在意。之前我们没有在一起的时候，我就一直梦想着，有天能够和像你一般可爱的姑娘，去某座清冷的深山里生活，就我们两个人。怎么，我以前从没告诉过你这个梦想吗？还记得不，就是关于那栋山间小屋的话题？那时候我问你，在这样的山里我们要如何生活呢？你不是笑得非常孩子气吗？事实上，这次你提出要去那家疗养院，我甚至想着或许在不知不觉中，你也产生了同我一样的想法，难道不是吗？"

她努力对我扯出一抹微笑，默默地听着，态度决然地道："那种事我早就不记得了。"而后直直地注视着我，目光带着几分安慰，"有时候你的想法格外不着边际呢。"

几分钟后，我们摆出什么都没有发生过的神情，带着珍视般的目光一块儿望向玻璃门对面的庭院。草坪上弥漫的绿意，正时而在这里又时而在那处画出一抹一抹浮游的气团。

* * *

四月以来，节子的病情似乎渐渐有所好转。过程虽然迟缓，但是向着康复缓慢走去的一步一步，反而犹如某种不容置疑之物，带给我们难以言喻的安心感。

　　一天午后，我又去了节子家。她父亲碰巧外出，只有节子一人在病房里。那天她心情好像很不错，难得地将平日里总是穿着的那套睡衣换成了蓝色衬衫。我看着这个姑娘，禁不住想把她拽去庭院逛逛。庭院中拂起一阵微风，轻柔得令人忘记了不安。她不自信地笑了笑，终于拗不过我，将手搭在我的肩上，穿过玻璃门，小心翼翼地踩上草坪，步履有些不稳。沿着绿篱种了各式各样外国品种的植物，枝叶交错凌乱，分不清彼此。我们走近这片枝繁叶茂的花丛，发现四下里那些小小的或黄白或淡紫的花蕾已经含苞待放。我停在一丛花木前，忽然想起，大约是在去年秋天，她曾告诉我关于这些植物的事情。

　　"这是去年你说的丁香花吧？"我转过头看着她，半是询问半是肯定地道。

　　"也许不是丁香。"她轻轻搭着我的肩，有些抱歉地回答。

　　"这样啊……那么之前你是在骗我吗？"

　　"我才没有骗你，是别人告诉我的。不过，它们可不是什么好花。"

　　"什么？现在花快要开了，你却告诉我这样的实话。看来，那株花也不是好花……"我指着旁边的花丛说，"那叫什么花来着？"

"金雀花。"她接过话茬道。这回，我们走到那片花丛前，她说道："这可是真正的金雀花，你看花蕾不是有黄白两种吗？这种长着白色花蕾的是珍稀品种，父亲引以为傲呢。"

我们有一搭没一搭地闲聊着，节子的手一直搭在我肩上，模样并不疲倦，倒是有几分沉醉其中似的依偎着我。我们沉默了一会儿，仿佛这样就能稍稍挽留住这段花朵般释放着清香的人生。不时有柔和的微风拂过，像是从绿篱中轻轻挤压而出的几束克制的呼吸，一直绕上我们面前的花木，然后微微扬起几片叶子，唯独将我们两人留在原地，便径自离开了。

突然，她的手环过我的肩，把脸埋进手心。我感觉她的心跳比平日快了些。

"累了吗？"我轻柔地问。

"没有。"她声音细细地回答。我感到她正缓缓地移过重心，向我身上靠来。

"我身体这么虚弱，总觉得对你很抱歉……"她的喃喃自语似乎并没有钻入我的耳朵，只是我让自己这样以为罢了。

"这么脆弱的你只会让我更加怜惜，为什么你就是不明白呢？"我在心里有些焦躁地对她喊着，面上却恍若不闻，就那么一动不动地任她抱着。她仓促地直起身，渐渐松开环在我肩上的手，扬着脸看向我。

"为什么最近我总是这么悲观呢？明明之前无论病得多厉

害，我都不会这样想……"她声音低低的，自言自语般含糊不清。沉默不断拉伸着言语中的忧虑。她猛地抬起头，我以为她会静静地盯着我，没想到她再次俯下脸，用一种刻意明朗的声调对我说："不知道为什么，我忽然，非常非常想要活下去……"

然后，她用我几乎听不清的声音补充道："多亏有你……"

* * *

起风了，要坚定方向，努力生存下去。

这是两年前我们初次邂逅的夏天，我不假思索念出的诗句，不知道为什么，那以后我便喜欢上了它。

这句诗，蓦然唤醒了从那时起便被我们彻底遗忘的时光——也就是说，它们是一些远比人生更加意义重大，远比我们这一生更加鲜活的、悲伤的幸福。

我们开始为月末搬去八岳山麓的那家疗养院做准备。在出发去那边之前，我打算找个机会，趁着对方也在东京，将那位有过几面之缘的疗养院院长请到节子家为她诊治。

某一天，院长好不容易抽空来到位于郊外的节子家。"不是什么严重的病。到山里来休养个一两年就没事了。"初步诊断完毕后，他匆忙地留下这些话，起身离开。我将他送到车站，希望至少能由我从他口中探听到较为精准的病情。

"这些话不要对病人提起，我会在最近找节子的父亲好好谈一谈。"院长铺垫一番后，神情严肃地对我详细说明了节子的病情，说完，他目不转睛地打量着默不作声的我，"你的脸色也很差啊，要不也顺便为你的身体做个检查吧。"他略有些同情地对我说道。

我从车站回到节子家，再度走去她的病房。节子不知何时躺到了床上，节子父亲守在她身边，正和她商量出发去往疗养院的日期，神情似乎有些沉重。我随即加入他们的谈话。

"不过……"节子父亲站起身，仿佛想起什么要紧的事，"现在已经恢复得这么好了，只消在那边待上一个夏天，应该就能痊愈吧。"他不大确定地说完这些话，转身走出了病房。

房间里只剩我和节子两人。我们不约而同地沉默下来。春日的黄昏这样美好。从刚才开始，我便觉得有些头疼，而现在好像越发剧烈了。我假装不在意地站起身，走去玻璃门边，将对开的门拉开一扇，半边身体倚了上去。好一会儿我都保持着这个姿势，神思恍惚，不知道自己在考虑什么，只是出神地凝视着对面庭院的花丛，那里笼罩着一抹薄薄的雾霭。

那些花儿真香啊，到底是些什么花呢？我徒劳地思索着，目光有些迷茫。

"你在想什么？"

从我背后传来病人略微沙哑的声音。那声音倏忽将我从某种麻痹的状态里唤醒。我依然背对着她，像是果真在努力思考着什么问题，用不太自然的语气道："想你的事情，想山里的事情，还有等我们过去之后会在那边如何生活……"我有一茬没一茬地说着，然而，当我絮叨着这些琐事的时候，竟然生出一种错觉，好像刚才那会儿自己真的是在思考这些。是了，接下来我还想到——去了那边，或许会发生很多事吧……不过人生就是这样，你还像从前那般，把一切交付给它就可以了，如此一来，它说不定会赠予我们从未奢求过的向往……我在心里思索着，反而被一些无谓的、琐碎的小事完全吸引了注意力，以致究竟想了什么，一点也没有察觉。

庭院仍旧一片微明，我回过神转头一看，屋内的光线正转为薄暗。

"需要开灯吗？"我仓促地打起精神道。

"暂时不用了……"她回答的声音比之前更加沙哑。

好一会儿，我们都不再出声。

"我觉得呼吸有点困难，青草的味道太刺鼻了……"

"那么，把这里也关上吧。"

我握住玻璃门的把手，关上门，语调近乎悲伤。

"你……"这一回，她的声音听上去有些中性化，"刚才是在哭吗？"

我吃了一惊，急忙转头朝她看去。

"怎么会……不信你看！"

她躺在床上，并未抬起头冲我瞧一眼。屋内光线更加昏暗，我无法确定她是否正目不转睛地凝视着什么，于是担忧地用目光追随过去，发现她只是安静地凝视着某处虚空。

"我知道的，关于我的病情，刚才院长一定说了什么吧……"

我想立刻回答她，却发现自己无言以对。只好再次轻轻地关上门，出神地望着夕暮时分的庭院。

没过一会儿，从我背后传来一道深深的叹息。

"对不起，"她很快开口，声音虽微微发颤，但比之前平静了许多，"你别介意。从今往后，我们努力生存下去吧。"

当我回头看向她的时候，她轻轻用指尖盖住眼角，再也不曾放下。

* * *

四月下旬一个多云的清晨，节子父亲将我们送到车站，我们在他面前努力显出愉快的样子，犹如要去蜜月旅行一般，走进开往山岳地带的列车的二等车厢。列车渐渐驶离的月台上，只留下节子父亲独自一人的身影。他站在那里，微微佝偻着背，像是倏然苍老，但仍然竭力装作平静无事的模样。

直到列车驶出月台很远，我们关上窗户，在空荡荡的二等车厢角落里坐下来，脸上忽然浮现起落寞的神情。我们的膝盖紧紧贴在一块儿，好像这样就能温暖彼此的心。

起风了

　　我们搭乘的列车无数次翻山越岭，沿着深邃的溪谷奔走，又忽然横穿过有着成片葡萄田的广袤台地，终于开始攀登仿佛漫无止境的山岳地带。天空陡然低迷，凝聚成块的乌云不知何时四散飘浮，沉沉压在视界之上。空气变得冰冷彻骨。我竖起上衣领子，节子似乎完全缩进了披肩里，闭着眼睛。我不安地凝视着她的脸，她并不怎么疲倦，反而有些亢奋。她有时会睁开眼睛，迷茫地朝我看过来。起初两人还能相视而笑，后来渐渐只余不安，轻轻撞上对方的视线便各自别过眼去。于是，她再度合上双眸。

　　"怎么感觉变冷了？要下雪了么？"

　　"现在是四月，还会下雪？"

　　"嗯，这一带可说不定。"

不过午后三时左右，天色竟已薄暗下来。我把目光专注地递向窗外。无数掉光了叶子的落叶松点缀着漆黑的冷杉并排而立。列车穿行在八岳山山脚，我们以为能在这一带瞧见远山云影，现在却什么也看不见。

列车停靠在山麓的车站。车站小小的，同存放杂物的木屋差不多。一位穿着日式短外衣的年迈杂务工在那里迎接我们，衣服上印着"高原疗养所"的字样。

我搀扶着节子，朝等在站前的一辆外形老旧的小汽车走去。我感觉她在我的臂弯里脚步跟跄，于是装作毫无所察的样子。

"累了吧？"

"不累啊。"

几个与我们一起下车的本地人站在一旁窃窃私语，待我们钻进小汽车，发现不知何时他们已混入其他村民中，身影再难分辨。随后，他们一块儿消失在村落里。

我们的小汽车穿过有着一排破败屋舍的村落，接着插进一片绵延起伏的斜坡。斜坡好似漫漫无垠，就那么延伸去八岳山不可尽视的山脊上。这时，一幢巨大的建筑物出现在前方，有着赤红屋顶和几栋侧翼楼，背后是整片杂木林。"就是那里吧。"我自顾自咕哝着，感觉到了车身的倾斜。

节子微微扬起脸，目光有些不安，只是失神地望着它。

来到疗养院，我们被安排住进病楼二层最深处的一号病房，房间背后紧挨着那片杂木林。完成一个简单的检查后，医生命令节子立即卧床静养。一号病房的地板上铺着油毡布，床和桌椅全部涂成雪白，除此之外便是杂务工刚刚送进来的几件行李。这会儿只有我和节子两人。我一时有些浮躁，也不想走去为陪护人准备的侧间，它太逼仄了，令人感觉压抑。我来回打量着这间一览无余的屋子，视线茫然，有好几次走近窗边，格外在意天气的变化。凉风拽来几块厚重的乌云，背后的杂木林不时发出尖锐的声响。我去了一趟阳台，那里寒气森森，没有任何隔断地直通旁侧的一排病房。阳台上看不到其他人影，我无所顾忌地往前走去，一间病房一间病房地瞧着，透过四号病房半掩的窗户，只见一位病人正躺在床上睡觉，我急忙就地折返。

屋内终于点起了煤油灯。我们对坐着享用护士送来的晚餐。作为我和节子两人初次共进的晚餐，它显得有点儿冷清。吃饭时，天色已经完全黑了，我们恍然未觉，待周遭忽然安静起来，才发现不知何时飘起了细雪。

我站起身，拉过半开的窗子，将脸整个儿贴了上去，木然凝视着坠落的细雪。直到窗玻璃被我的呼吸氤氲出一面蒙蒙的雾气，我终于抬起头，转身看向节子。

"对了，你怎么……"话只说了一半。

她已经躺在床上，看着我的脸，仿佛把一切言语都寄托在那个注视里。然后她像是阻止我开口一般，竖起手指轻轻放在嘴唇上。

* * *

疗养院坐落在八岳山广袤舒缓的赭红色山脚的斜坡地带，连同它的几栋侧翼楼一块儿朝向南方。那片斜坡上散布着两三座村落，所有屋舍随坡势倾斜，被黑漆漆的松林包裹得严严实实，一直延伸到藏匿起来的山谷间。

从疗养院面南的阳台上，可以望见那片倾斜的村落和赭红色的农田，还有围绕着它们的仿佛无休无止的松林。在天气晴好的日子，南西走向的南阿尔卑斯山①同它的两三条支脉在径自涌动的层云中若隐若现。

住进疗养院的第二天清晨，我在陪护人的侧间里醒来。狭小

---

① 南阿尔卑斯山：赤石山脉的别称，是横跨日本长野、山梨、静冈三县的南北走向山脉。阿尔卑斯地区位于日本本州中部，是登山、滑雪胜地。由南阿尔卑斯（赤石山脉）、北阿尔卑斯（飞驒山脉）、中央阿尔卑斯（木曾山脉）组成。英国冶金工程师威廉·高兰（1842—1922）在其著作《中部及北方日本旅行者指南》中首次提出"Japanese Apls"一词，后英国传教士、登山家沃特·韦斯顿（1861—1940）与日本登山家、纪行文作家小岛乌水（1873—1948）等人著书详加描写，使其闻名遐迩。

的窗棂框出一方蓝青色的晴空，我长久注视着窗外雪白的鸡冠状山峰，它们突兀得如同从大气层中猛然生出来一般。阳台和屋顶上积了雪，在宛若春阳的日光下源源不断地化作水蒸气消失其间，可这一切要是躺在床上就没法看见。

我想自己有些睡过头，匆忙跳起来走去旁边的病房。节子已经醒了，正裹在毛毯里，似乎害羞地红了脸。

"早上好。"我像她一样，感觉脸颊发烫，竭力语气轻松地道，"睡得还好吗？"

"嗯。"她冲我点了点，"昨晚不知怎么了，有些头疼，就吃了安眠药。"

我觉得不能再继续在意这种事，便精神愉悦地把窗户和通向阳台的玻璃门统统打开。阳光刺目，有一瞬间我几乎什么也看不到，待眼睛逐渐适应后，能从深雪中看到阳台，看到屋顶，看到原野，看到树林，甚至看到轻盈的水蒸气袅袅地蹿上天空。

"还有啊，昨晚我做了一个有意思的梦……"她开始在我身后絮絮诉说。

我很快察觉她在勉强自己，那或许是些难以启齿的话题。她的声音同往常一样，带着些微的沙哑。

这一回，换作我将脸转向她，像是要阻止她开口，竖起手指轻轻放在嘴唇上。

不久，护士长态度亲切地匆匆走进病房。每天清晨，这位护士长都会这样，一间病房一间病房地探望病人。

"昨晚休息得如何？"护士长用快活的声调询问道。

节子乖乖点了点头，没有再出声。

* * *

会到这种山间疗养院来的病人，大多相信自己已经走投无路，并且背负着那些人性中与生俱来的特殊一面。入院后没多久，我被院长叫去诊断室，他随即向我出示了节子患处的X光片。从那时候起，我才模糊地意识到自己体内也潜伏着那种陌生特殊的人性，而我此前对它一无所知。

院长带着我走到窗边，把X光片举到半空，一点一点地对我详加说明。日光穿透而过，这样我便看得更清楚些。右胸部分清晰地呈现出几根白色的肋骨，左胸却不可思议地朦胧一片，仿佛一朵完全绽开的暗色的花。那是病灶。

"病灶扩张得比预计要快……真没想到会如此严重，这样看来，她也许是医院排名第二的重症病人了。"

院长的声音在耳边嗡嗡作响，我觉得自己好像丧失了思考能力，脑海中唯一鲜明存在的，是刚才看见的那朵不可思议的暗色花朵，而它，同院长说的那些话毫无关系。从诊断室走回病房的路上，白衣的护士与我擦肩而过，患者裸身躺在阳台上晒日光浴，病楼里传出嘈杂的声音，还有小鸟啁啾，这一切都从我面前消逝了，全然无关地消逝。我终于跨进最偏僻的病楼，朝着通往病房的二楼扶梯机械地迈开腿。那个瞬间，从扶梯旁侧的一间病房里泄出一声声令人毛骨悚然的干咳，那是我从未听过的异样的咳嗽声。"原来这里还有病人哪。"我一边想着，一边恍惚瞥见病房门上标着"No. 17"的文字。

* * *

就这样，我们展开了稍显奇异的爱情生活。

入院以来，节子一直被命令卧床静养。因此，同入院前那个适逢心情愉悦就竭力起床活动的姑娘相比，现在的她看上去简直和真正的病人一般无二。其实她的病情尚未恶化，医生的态度也像对待不久就能痊愈的病人。院长甚至开玩笑地说："这样下去，病魔很快就会被你俘虏啦。"

季节的推移忽然变得迅猛，像是要将此前的迟缓弥补回来。夏天犹如和春天一块儿降临。每天清晨我们都在黄莺和布谷鸟的啁啾声中醒来，接下来的一天，周遭树林的新绿从四面八方涌入疗养院，连病房中也染上一层清爽明丽的绿意。洁白的云朵日日伴着晨曦爬到山顶，到了黄昏再度回到山里。

我们最初共度的时光，我几乎寸步不离守在节子枕畔的日子，它们太过相似，并且拥有绝对单一的吸引力，以致我完全分不清谁在前而谁在其后。

我们甚至有一种错觉，在重复着这些相似日子的过程里，我们全然从名为"时间"的桎梏中跳脱出来，然后，由这些同样跳脱出时间桎梏的日子，为我们日常生活的细枝末节赋予了前所未有的崭新魅力。姑娘近在咫尺的体温、她身上好闻的味道、那稍显急促的呼吸、握住我的纤细小手、微笑，还有我们不时交换的平淡对话——我想如果抽离这一切，剩下的就只是空无一物的单一日子——而组成我们人生的要素实则也只有这种单一。我深信唯有与这个姑娘共享它，我才会感到无比满足，哪怕它是这样微不足道。

让人不安的事仅剩一桩——她时不时有些发烧，这让她的身体无可避免地衰弱下去。可我们依旧细致缓慢地品尝着那些日子，犹如偷偷品尝禁忌果实的滋味。那时候，是它们完全保存下了我们那缭绕着几分死亡气味的生之幸福。

某天夕暮时分，我站在阳台上陪躺着的节子一块儿望向沉入远山的夕阳。那一带的山丘、松林还有农田，一半残留着鲜亮的茜红，一半被某种不大确定的鼠灰徐徐侵蚀。我们出神地望着，偶尔想起来，这时候小鸟们应该还在树林上空画着稍纵即逝的抛物线——这片被初夏黄昏激荡出刹那生机的风景，与平日里别无二致，或许此刻以后，我们再也无法感觉到这样满溢的幸福。假以时日，这个美丽的初夏黄昏从我心底醒来，我梦想能把此情此景下的幸福绘成一幅完整的画面。

"你在想什么？"节子在我身后开口。

"我在想，很久很久以后，再来回忆这会儿的日子，不知有多美。"

"说不定真是这样。"她愉快地赞同道。

我们再度沉默地望向那片风景。然而，我忽然搞不清这个陶醉其中的人究竟是不是我自己，我觉察出一种怪异的迷茫，甚至觉察出它的不着边际和无可名状的苦涩，然后我恍惚听见身后响起一道深深的叹息，又很快觉得那或许依然来自我自己。像是为了确认这个事实，我转头看向她。

"你刚才为何那样……"她用略微沙哑的声音道。可她并没有把这句话说完，迟疑一会儿，突兀地换成一副犹如抛开了一切的声调，"如果能像这样一直活下去就好了呢。"

"你又说这种话了！"我有些焦躁地低低叫道。

"对不起。"她一边飞快地道歉，一边别过脸去。

从刚才开始，一种难以言喻的情绪正逐渐化为烦躁不安。我再度把视线转向远山，那片曾在刹那间衍生出异样美好的风景已经消失不见。

那天夜里，我正要回一旁的侧间就寝，她出声叫住了我。

"刚才对不起啊。"

"别再说了。"

"其实，那时候我想说的是其他的……不知怎么说了那样的话。"

"你那时想说什么？"

"……从前你说，唯有临终的眼才能遇见大自然真正的美……那时我想说的就是这个，那片美好的风景让我忍不住这样想。"她一边说着，一边凝视我的脸，那个凝视里藏了些东西，她没有告诉我。

她的话留在我的心上，在那里撞来撞去，我不由得垂下眼帘。脑海中突然闪过一个念头，于是刚才那种让我烦躁不安的莫名情绪开始显露它清晰的轮廓……是了，我怎么一点都没有察觉她的想法？那个瞬间，陶醉其中的人果然不是"我"，而是"我们"。非要说的话，是节子的灵魂透过我的眼睛，按照我的方式梦想着自己最后的瞬间……而我对此一无所觉，擅自描绘起很久以后我们的画面……

这个念头渐渐地有些浮游不定，我抬起眼睛，她正一眨不眨地凝视我，同刚才一样。我俯身在她的额头轻轻一吻，像是为了避开那双眼睛，心里涌起愧疚。

＊ ＊ ＊

很快到了盛夏。山岳地带的暑气比平原的更加猛烈，病楼背后的杂木林像要燃烧起来，蝉鸣终日不歇。树脂的气味从敞开的窗户飘进来。黄昏时，为了放松地呼吸一口户外空气，很多患者把病床搬到阳台上。见此情形，我们头一回知道，最近疗养院的患者迅速增多。不过，我们依然没有理会任何人，继续着两个人的生活。

这段日子，节子因为暑热完全丧失了食欲，夜里时常睡不安稳。为了让她在白天能够睡个好觉，我越发留心走廊上传来的脚步声，以及窗口飞进的蜜蜂和牛虻，甚至开始在意自己因为暑热而不由得加重的呼吸声。

我屏住呼吸守在节子的枕边，静静凝视着她沉睡的模样，这是让我接近睡眠的一种方式。我清醒无比地感受着她在睡梦中时而放松时而加速的呼吸变化。我们的心跳几乎一致，偶尔，那种轻微的呼吸困难攫获住她，她的手一边微微抽搐一边移到脖子上，仿佛为了制止那阵痛苦——莫非做噩梦了？在我犹豫着要不要唤醒她的时候，那痛苦的状态似乎过去了，她随之松弛下来，我也不由得跟着松了口气，此刻她平静的呼吸令我感到同一种畅快。待她从梦中醒来，我在她发间留下一个轻柔的吻。她看向我，目光含着倦意。

"你一直在这里吗？"

"嗯，我在这里小睡了一会儿。"

那样的夜晚，难以成眠的时候，我总会习惯性地、无意识地把手移到脖子上，模仿那种制止痛苦的动作。之后我察觉过来，呼吸变得真正艰难。可它着实令我感到愉悦。

"近来总觉得你脸色很差。"某一天，她像往常一样频频注视着我说，"发生什么事了？"

"什么也没有。"我喜欢她这样关心我，"我平日不也是这样么？"

"你不用一直守着我，出去散散步怎么样？"

"天这么热，也没法散步吧。夜里倒是凉快，可又黑灯瞎火的……而且我每天会在疗养院里往返好几趟，也算活动了身体。"

我决定打住这个话题，转而对节子讲起每天在走廊上遇见的各种患者。我跟她讲过时常聚在阳台上，把天空看作赛马场，数着云朵，说它们好像什么什么动物的年少患者；讲过总是拽着随行护士的手臂漫无目的地往返于走廊、严重神经衰弱、令人害怕的高个子患者；却一次也没有提到那位住在十七号病房的患者。我不曾见过他的脸，每次从他病房前通过，总能听见那让人不快的毛骨悚然的咳嗽声。我想，或许他就是疗养院里病情最重的患者……

八月终于走到了尾巴上，可难以入眠的夜晚仍在持续。某天晚上，我们怎么也睡不着（早已过了九点就寝时间），这时从对面下方的病楼传来骚动，其中混杂着匆匆小跑过走廊的脚步声、护士们压低的惊叫声、医疗器械尖锐的碰撞声。我侧耳倾听了一会儿，等一切平静下来，一种与之类似的压抑的骚动几乎同时出现在周围的病楼里，接着它来到我们的下方。

我，大约已经知道这场席卷了整个疗养院的暴风雨般的骚动是什么。灯已经熄了，我无数次竖起耳朵，从侧间悄悄关注着病房里似乎同样睡不着的节子。她安静地躺在床上，好像一次也没有翻过身。我一动不动地等待着，呼吸艰难，等待那场暴风雨自行停歇。

直到深夜，骚动终于过去。我紧绷的神经不自觉松弛，开始迷迷糊糊打起盹来，突然，隔壁病房响起节子接二连三的神经性咳嗽，一声比一声剧烈，像是此前的拼命压抑终于被释放。我猛地睁开眼睛。咳嗽在这时戛然而止，我放心不下，悄悄去了病房。一片漆黑中，节子睁大眼睛胆怯地看着我。我走近她身边，说不出话来。

"现在还不要紧呢。"

她竭力撑开一个微笑，用我几乎听不清的声音低低地道。

我默默坐在床边。

"陪陪我吧。"

和往常不同，她有些软弱地对我说。我们整夜没有合眼，就这样直到天明。

那件事发生后，又过了两三日，夏天的气息忽然消失了。

* * *

九月来临，反复下了几场可怖的暴雨，一旦下起来，雨势便丝毫不肯减弱。于是树叶在变黄之前纷纷腐烂。疗养院的每间病房，日日关紧了窗户，房间里光线薄暗。凉风不时拍打着窗玻璃，从背后的杂木林里拽来单调的闷响。没有风的日子，我们终日倾听着雨滴从屋顶落到阳台上的声音。某天清晨，雨滴终于变成雨雾，我从窗口往下看去，视线有些模糊，阳台对面的细长中庭显出稍许微明。中庭对面，有个护士在雨雾里一边采摘盛放的野菊和波斯菊，一边向这边走来。我认出她是第十七号病房的随行护士。那个总是咳得令人毛骨悚然的患者或许已经死了——这样想着，我继续朝那个护士看去，她浑身被雨雾浸湿了，依然兴高采烈地摘着花。我忽然感觉心脏被勒紧般难受。

这里病情最重的患者果然是那人吧。可是，既然他已经死了，那么下一次会轮到谁呢？……啊，要是院长没告诉我那些话就好了……

护士抱着大捧花束在阳台的阴影里消失了踪迹。我仍旧失魂落魄地把脸贴在窗玻璃上。

"你在看什么？"节子的声音从病床那方传来。

"刚才有个护士在雨中摘花，那是谁呢？"

我喃喃地说着，就像说给自己一个人听，然后从窗边离开了。

那一整天，我没有仔细看节子一眼。她有时会神情专注地凝视我，她那看透一切却假装不知的模样让我越发苦闷。就这样怀抱着无法区分的不安和恐惧，两人的想法一点点分道扬镳。不！这不可以，我竭力想忘掉那种可能，但不知不觉它又占据了脑海。最后，我出乎意料地想起了那个被遗忘在一旁很久的梦，那是我们到达疗养院的第一天，一个飘落细雪的夜晚节子所做的梦。最初我一直避免知道那则不吉的梦境，后来拗不过节子，就让她讲给我听。——在这个不可思议的梦中，节子静静地躺在棺柩里。人们抬着那副棺柩，横穿过不知名的原野，走入森林。已经死去的她分明正从棺柩中朝外望着，她望着冬日荒芜的原野，风从漆黑的冷杉林上吹过，发出寂寞的声音……从这个梦境醒来，她觉得耳朵很冷，冷杉嘈杂的声响似乎清晰地留在那里。

雾一般的细雨又持续了好几天，时序已全然推去另一个季节。细细看去，疗养院里为数众多的患者已三三两两地离开，只剩下这年冬天必须留在这里过冬的重症患者。重新到来的夏天之前的寂静，让十七号病房那位患者的死忽然变得刺目起来。

九月末的一天清晨，我平静地从走廊北侧的窗户望向那片杂木林。雾霭沉沉的林子里有人进进出出，这情景带给我异样的感觉，于是去问了护士，护士一脸茫然，那以后我便将这事抛诸脑后。第二天一大早，来了两三个工人。他们去了山丘那边，开始砍伐山丘边缘的几棵栗子树，身影在雾里若隐若现。

之前发生的那件事尚未在患者中传开，那天我是无意中知晓的。那个神经衰弱、让人感觉毛骨悚然的患者在杂木林中自缢身亡了。说起来，从前他每天都会拽着随行护士的手臂在走廊里走来走去，我见过他好几回，可昨天这个高大的男人忽然消失了踪影。

"原来轮到他了吗……"自从第十七号病房的患者死后，我变得有些神经质，然而不足七天，一场出人意料的死亡紧随而至，我竟不由得松了口气，甚至没有从那些阴惨的死亡里嗅到理应让自己不寒而栗的气息。

"之前医生说节子的病情仅次于前些天死去的那人，可不见得接下来就会轮到她吧。"我状若轻快地安慰自己。

杂木林里的栗子树被砍去了两三棵，残留的木桩像是被谁不小心忘在那里的。这回来了几个工人，削平了山丘边缘，就地将泥土运到沿陡坡倾斜的病楼北侧的空地上，他们把那一带填成平缓的斜坡，开始修筑一个小小的花坛。

"父亲来信了。"

我从护士送来的一沓书信里抽出一封递给节子。她躺在床上把信接过去，眼睛里忽然有了光彩，像个少女。她开始读那封信。

"哎，父亲说他要来看看我们。"

信中说，节子父亲结束了一趟旅行，打算近日顺道来疗养院看看。

那是十月的一天，天空晴朗，风却有些大。近来节子一直卧床静养，没有食欲，瘦得越发令人惊心。接到父亲的来信后，她开始努力吃饭，时而下床活动或是起身坐一坐，有时会像想起什么似的，脸上浮起一抹微笑。我知道那是她在父亲面前经常流露的神情，那是属于少女的铅笔画稿般的微笑。我什么也没说，默许了她那样做。

之后过去了数日，某天下午，她的父亲来到疗养院。

他的脸似乎比从前苍老了些，背也更显佝偻。他看上去仿佛有些畏惧，大约是疗养院的氛围导致的。然后他走进病房，来到节子的枕边，径自在我常坐的椅子上坐下。昨天傍晚节子发了烧，或许因为这几天活动过量，按照医生的嘱咐，她从清晨便一直卧床休息，这让她的期待有些落空。

节子父亲以为女儿正逐步康复，此时见她依然躺在床上，脸上显出几分不安。像是为了寻找原因，他仔细打量了病房，逐一凝视护士的动作，然后走去阳台上看了看，这一切似乎令他感到满意。在此期间，节子兴致渐渐高涨，更因为发烧，她的脸颊绽出一抹鲜妍的蔷薇色。

节子父亲看了说："不过脸色还是很好啊。"

他不停重复着这句话，像是为了说服自己，他的女儿正在痊愈。

我借口有事离开了，留下父女两人在屋里。过了不多久，我再次跨入病房，节子已经从病床上坐了起来，被子上摆放着一堆父亲带给她的糖果盒和别的什么纸包。大约节子父亲以为，这些东西是她少女时代喜欢的，并且现在依然喜欢着。我觉得此刻的她宛如一个恶作剧的少女，被人撞见，于是羞红了脸，赶紧将她的宝贝收好，重新躺了回去。

我在离两人稍远的窗边椅子上坐下，有些拘谨。两人继续聊着因为我的出现而被打断的话题，声音比刚才要低。那大多是些他们熟识而我全然不知的人和事。其中的某件事物愉悦了她，带给她些许感动，连那感动也是我不可知晓的。

父女俩状若愉快的对话场景像一幅画，我禁不住把它同记忆中的画面放在一块儿。她在此间对节子父亲流露出的表情，声调里的抑扬，带着格外明艳的少女光辉。而她孩子般幸福的模样，让我禁不住在脑海中勾勒她的少女时代，尽管我对它一无所知。

趁着只有我和她两个人的间隙，我在她耳畔揶揄地说："我觉得，今天的你就像一个我不认识的蔷薇色少女。"

"才没有！"她如同小姑娘一般，把脸藏进了手心里。

* * *

节子父亲只停留了两日。

动身离开前，我陪着他在疗养院的附近散步。我想，这不过是他找了机会与我单独谈话。天空晴朗无云，我指了指八岳山清晰呈现的赭红色山体，节子父亲只微微抬眼看了看，便热切地说："这里是不是不太适合她养病？已经半年多了，我想应该有所好转……"

"这不大好说，会不会是因为今年夏天气候不好？听说这种山间疗养院最适合冬天养病。"

"或许忍一忍，等到冬天就会好起来吧。可她一个人无论如何也忍耐不到冬天……"

"即便到了冬天，我也会陪着她的。"我内心有些焦虑，不知道如何能让节子父亲理解，正是这样孤独的山间生活培育了我们的幸福，可想到节子父亲为我们做出的牺牲，再也说不出解释的话来。于是，只好继续我们毫不相称的对话。

"不过，好不容易来了山里，不妨努力在这边生活看看吧？"

"可是你能留下来陪她过冬吗？"

"对，我当然会留下来陪她。"

"那真是太麻烦你了……你现在仍在工作吗？"

"没有……"

"你也不要只顾着照顾病人，工作也多少做一些吧。"

"嗯，接下来就会做一些……"我有些含糊不清地说。

——是了，我已经有很长一段日子没有理会自己的工作，不管怎么说，最近必须开始一点点去做。我一边思考着，一边变得心情复杂。我们默默地在山丘上站了一会儿，静静仰望着不知何时在西方的天空迅速聚集起来的无数鱼鳞状的层云。

终于我们穿过树叶泛黄的杂木林，从背后绕回了疗养院。那一天也有两三个工人在山丘上挖土。路过附近的时候，我状若无意地对节子父亲道："听说要在这里修一个花坛呢。"

黄昏，我将节子父亲送到车站，回到病房时，正看见节子平躺在床上剧烈地咳着。此前我从未见她咳得这样厉害，只好一边等待这场发作过去，一边问："你怎么了？"

"没什么……很快就会没事。"节子好不容易才回答了一句，"请给我一杯水。"

我从暖水瓶里倒了一小杯，递到她唇边。她喝了一口，稍微平静了一会儿，没过多久，又是一阵剧烈的发作。节子咳得几乎整个身体探出床沿，蜷缩起来。我不知所措，只懂得问她："我去叫护士吧？"

"……"

她勉强压住了那阵发作，一直痛苦地蜷缩着身体，两手捂住脸，无声地点点头。

我对护士说明了情况，护士撇下我，匆匆赶去病房。我跟在后面，刚一进去就看见节子在护士的帮助下，换了一个稍显轻松的姿势。她微微睁着眼睛，目光茫然无力。咳嗽似乎暂且止住了。

护士一点一点松开扶着她的手。

"咳嗽已经止住了……先这样躺一会儿，别乱动。"护士重新给她盖好毛毯，"马上就来给你打针。"

我完全不知待在哪里才好，木棒似的愣愣站在病房门口。护士走出病房时，对我附耳道："咳了一点点血。"

我终于走近她枕边。

她依然微微睁着眼睛，目光茫然无力。我以为她睡着了，将垂在她额前的一小簇鬈发捋了捋，那里很是苍白。我抚摸着她冷汗淋漓的额头，她像是感觉到了我手上的温度，在唇边牵起一抹谜一般的微笑。

* * *

绝对安静的日子仍在继续。

病房的窗前垂下鹅黄的窗帘，屋内变得薄暗。护士们踮着脚走过。我寸步不离地守在节子枕边，夜里也是如此。有时节子会看着我，像是有话对我说，每到这时，我总会把手指放在唇上，阻止她讲下去。

这样的沉默一点一点被吸进我们各自的思考里。可我们无比清晰地知道对方在想些什么，这感觉令人痛苦。我还清晰地知道，这次的发作恰好将长久以来节子为我做出的牺牲变为亲眼可见的现实，而她一无所知，以为是自己轻率地破坏了迄今为止我们费心经营的情谊，并为此后悔不已。

她甚至不将自己的牺牲视为牺牲，只把一切归咎于她的轻率大意，这是那般惹人怜惜，我的心又被紧紧勒了起来。我一边理所应当地让病人支付这种代价般的牺牲，一边在或许迟早会成为灵床的病床上，与她一块儿愉悦地"品尝"生之快乐——我们坚信正是这种快乐赋予我们无上的幸福——可它究竟能不能真正满足我们呢？又或许现在被我们视为幸福的东西，比相信本身更加虚空更加接近无常？

整夜的看护让我疲倦不已，在节子浅浅睡去的时候，我一边犹疑不定地思考着，一边忧心忡忡地察觉到，这段日子，我们的幸福总会轻易受到莫名之物的威胁。

大约一周后，这场危机便彻底解除。

某天清晨，护士终于将病房里的窗帘撤去，开了几扇窗透气。秋天的阳光越过窗户，明晃晃地洒进来。

"真舒服啊。"节子躺在病床上，宛若新生般道。

我在她枕边摊开报纸，心想那些与人冲击的重大事件，往往会在烟消云散后给人全然陌生的感觉，好像只是发生在别人身上的事。我瞥了她一眼，不觉用揶揄的声调说："下次父亲再来的时候，你最好别太兴奋了。"

她微微羞红了脸，坦然地收取了这个揶揄。

"下次就算父亲再来，我也会表现得若无其事。"

"你要是真能做到就好了……"

这样互相开着玩笑，我们竭力慰藉彼此的情绪，像两个孩子，把全部责任"推到"了她的父亲身上。

并且我们极其自然地认为，这一周发生的事不过一个无关紧要的差错，那场看似袭击我们身心的危机，已被我们平安无虞地摆脱掉了。是的，至少映在我和节子眼中就是这样。

某天晚上，我守在她身边看书。突然，我合上书走去窗边，站在那儿思考了一会儿，然后回到她身边，再度摊开书读了起来。

"怎么了？"她仰起脸问我。

"没什么。"我语气自然地答道，装作数秒之间就被书里的内容吸引了注意力的样子，没过一会儿却开口道，"我在想，过来这边后几乎什么也没做，不如接下来就开始工作吧。"

"是呢，不工作可不行。父亲也很担心你的工作呢。"她表情认真地回答，"你就别只顾着操心我了……"

"不，我希望能为你考虑得更多……"那个瞬间，我的脑海中模糊地浮现出一篇小说的构思，于是当场追随过去，自言自语般继续道，"我要把你的事写成小说。现在我的脑子里就只有这些。我们给予彼此的幸福，在大家都以为我们走投无路的时候开启的生之快乐，这些谁也不曾知晓的仅仅属于我们的东西，我要把它们变成更加确凿的有形之物。你明白吗？"

"我明白的。"她追随着我的所想，仿佛那就是她的所想，并且毫不犹豫地给出了答案。

然而，她很快扯着嘴角笑了，敷衍般轻飘飘地补充道："至于我的事，按照你想写的那样去写吧。"

而我竟恍若不觉地顺着她的话道："那是当然的，我会照着自己想的那样去写……不过这次要写的东西，没有你的协助可不行。"

"我可以帮到你吗？"

"嗯，在我工作的时候，我希望你能获得完完整整的幸福，若非如此……"

我觉得像这样两个人一块儿思考，远比一个人出神地想事情更令我思维活跃，这感觉着实奇妙。仿佛被不断涌现的灵感用力推压着，不知何时开始，我在病房里来回踱起了步子。

"总是守在我这个病人身边，你也会变得没精神呢。出去散散步怎么样？"

"嗯，我也打算开始工作了！"我的眼睛闪闪发亮，旋即神采奕奕地对她道，"为此，要散一个长长的步！"

＊　＊　＊

我走出那片森林。面前是巨大的池沼，越过池沼和它对面的森林，八岳山将它的山麓一带无边无垠地铺陈在我眼前，然后我看见遥远某处——与森林几乎接壤的地方横亘着一座狭小的村落，农田随坡势倾斜。疗养院的几片赤红屋顶好像翅膀一样徐徐展开，整幢建筑物是那样微小却分明。

我在清晨出发，不知道要去哪里，也不知道怎么去。只是信步走着，像是把判断力都托付给了正在思考的事，我想我是长长久久地迷失在森林里了，可是这会儿，秋天澄澈的空气把疗养院微小的影子送到我面前，只用了一个刹那。当它出乎意料地闯入视野，我才恍然回神。借着这样的心情，我头一回将自己抽离出来，觉得我和节子在那座疗养院里被无数病人包围着，日复一日若无其事地过着我们的生活是多么奇妙，身体里不断涌出的创作欲促使我把这些奇妙的日子置换为某种哀婉寂静的故事……"节子啊，我从未想到我俩会这般相爱。因为在此之前，你和我并不存在于对方的生命……"

我的梦想，它游离于降临在我们身上的诸般事物的上方，时而迅速路过，时而安静停滞，永远、永远踟蹰不前。尽管我曾远远地离开节子，在那期间却一刻不停地同她讲话，倾听她的回答。这样的两个人，他们的故事就像"生"之本身，漫无止境。然后那个故事不觉间凭借自身的力量开始生长，撇下我自行展开所有情节，于是总爱在某处停滞不前的我就这样被它放弃了。或许它的确期待着那样一个收梢，便为病弱的女主角安排了一个无比悲伤的死局——这个早已预知了死亡的姑娘，用尽最后的力气，快活优雅地为自己求取一线生机——然后躺在恋人怀抱里，为他的悲伤而悲伤。她即将抛下他独自远行，她会幸福地迎向死亡——我凭空描绘着这个姑娘，她的影像逐渐清晰……"男人试图将他和她的爱变成更加纯粹的存在，他引诱了病弱的姑娘，带着她去往山间疗养院。当死亡成为威胁他们的暗影，男人慢慢开始怀疑，假使已经完全得到他们渴求的幸福，他们就会因此满足吗？——可是啊，不论过程如何痛苦，直到最后的时刻，姑娘仍对男人诚实的照料心怀感激，并且心满意足地走向死亡。男人认为自己拯救了这位优雅的死者，也相信了他和她之间微不足道的幸福……"

这个故事的末尾看上去已经为我恭候多时。而后，濒临死亡的姑娘的影像带着意料之外的剧烈打击忽然袭来，我被某种莫可名状的恐惧与羞耻捕获，如梦初醒，猛地从身下裸露的树根上站起，试图甩掉那个含带愧疚的梦想。

太阳高高升起。山峦、森林、村落、农田——一切都浮现在一片安定平和的秋意里。甚至连远方小小的疗养院也因循每日的习惯，有条不紊地继续着。在这些陌生人中，唯有一个人被长久以来的习惯所撇下，她孤零零等待的寂寞样子突如其来地出现在我的脑海，让我格外在意，于是急忙循着小径下了山。

我直接穿过杂木林回到疗养院，从阳台绕了一圈，来到最深处的病房。节子完全没有察觉，躺在床上，像往常一样用手指绕起几缕头发，注视着某处虚空，目光悲伤。我顿住手上的动作，目不转睛地看着她——原本我是想叩一叩窗玻璃的。她的模样像是正在同威胁她的什么东西抗衡，并且对此毫无自觉，只是恍若失神地坚持着。我觉得心脏又一次被紧紧勒住。突然，她的表情看上去明亮了几分，甚至扬着脸微笑起来。她发现了我。

我从阳台走进病房，来到她身边。

"刚才在想什么？"

"没什么……"她回答道，声音像是不属于她自己。

我说不出话来，沉默里飘着些许抑郁。接着，她好像终于恢复成她自己，语气亲密地问我："你去哪里了？怎么这么久？"

"对面那边。"我动作轻快地指了指阳台正前方遥远森林的方向。

"哎，你竟然走到那边去了？工作还顺利吗？"

"嗯，还好……"我极其冷淡地回答了一句便陷回了刚才的沉默，好一会儿，为了从这种状态里挣脱出来，我用一种刻意抬高的声调问她，"你对现在的生活满意吗？"

这突如其来的质问让她有些退缩，然后她静静地凝视着我，十分确信似的点点头，继而怀疑般道："为什么要问这个？"

"我总觉得现在的生活是我一时任性强求来的，我把它看得这样重，还让你也……"

"别说下去。"她仓促地打断我，"如果说了，才是你一时任性。"

然而我的表情并未因此稍显明朗，甚至有些消沉，她只好惴惴地陪着我，拼命忍耐即将冲口而出的话。好一会儿她似乎再也无法忍耐，开口道："只要留在这里，我就觉得无比满足，你一点都不理解，对吗？无论身体如何糟糕，我一次也没有想过回家。要不是有你陪在身边，我不知道自己已经变成了什么样子……便是刚才，你不在的时候，一开始我还想着，你回来得越迟，这份等待的喜悦就越大，于是拼命等待，拼命忍着——可是当我以为你就要回来的时候，你依然没有回来。我渐渐觉得不安，渐渐觉得我们总是待在一块儿的这间屋子也越发陌生，我害怕得几乎要从这里飞奔出去……可是，我又想起了你从前说过的话，心情总算平静了些。你从前不是告诉过我吗——很久很久以后，再来回忆这会儿的日子，不知有多美。"

她的声音渐渐沙哑，说完脸上浮起一抹微笑，可就连这个微笑也没能支撑多久。她咧着唇静静凝视着我。

听着她的话，我觉得胸口渐渐满溢出某种无法掌控的情感。可我竟然害怕被她看到自己感动的样子，轻轻站起身走去了阳台。我注视着周遭的风景，像是要把它们记在心上。从前我以为曾在这里完整描画过我们的幸福，此刻与那个初夏的黄昏何其相似，却又全然不同，这是一个秋天的上午，阳光比夏日更冷，带着更加莫测的深意。我知道胸口充满了陌生的感动，这感觉多么接近那时的幸福，然而正是它将我的心紧紧勒住，让我再也喘不过气来。

冬

一九三五年十月二十日

午后，像往常一样将节子留在病房，我独自离开疗养院。农夫们在田里劳作，忙于收割。我穿过那片农田，越过杂木林，顺着渺无人烟的村落下到山势低洼处，面前出现一条小小的溪流。沿着溪流上的吊桥来到村子对岸，这里有座种满栗子树的小山丘，我坐在山顶的斜坡上，用了好几个小时构思即将动笔的故事，心情安静，带着明亮的色彩。不时有村里的孩子在下方摇晃栗子树，弄出巨大的回音响彻山谷。我吓了一跳，于是想起来，这是栗子从树上掉落在地的声音。

我周遭的所有事物都在告诉我，生之果实成熟了，要快点摘取。我喜欢这种感觉。

终于夕阳西斜，迅速没入村子对面杂木山的山影里。我慢慢站起身，走下山丘，迈过吊桥，若无其事地去那座小小的村落逛了一圈。村里四处都是水车，不停发出咕咚咕咚的声响。来到八岳山山麓的落叶松林边上时，我想起节子还在翘首不安地等着，于是加快脚步朝疗养院走去。

十月二十三日

拂晓时分，我被近在咫尺的一阵异样的声响惊醒。竖起耳朵听了一会儿，觉得整个疗养院寂静得像是已经死去，我彻底清醒过来，怎么也无法入睡了。

小小的夜蛾贴在窗户上，透过窗玻璃，我失神地注视着拂晓的天空，两三颗星子挂在那儿发出幽微的光芒。这样一个天色将明的早晨，被一股莫可名状的寂寞驱使着，我悄悄起身，径直赤脚走去隔壁尚且昏暗的病房。我并不知道自己要做什么，只是来到节子的床边，撑着膝盖弯腰看着她睡梦中的脸。

她意外地睁大眼睛看着我，有些惊讶地问："你怎么了？"

我想我的眼神已经告诉她"并没有什么"，于是一言不发地慢慢俯下身，像是再也支撑不住身体的重量，将脸紧紧贴上她的脸颊。

"哎，你的脸真冷。"她闭了眼，轻轻晃了晃脑袋，发丝带起清香。我们一动不动地感受着对方的呼吸，静静贴着脸颊，久久没有分开。

"啊，栗子又掉下来了……"她微微眯起眼睛，看着我喃喃道。

"啊，原来是栗子的声音吗……托它的福，从刚才起我就睡不着了。"

我用刻意明朗的声调说着，轻轻放开她的手，不觉间天已经亮了。我走去窗边，倚在窗户上，出神地望着对面山峰背后的层云，它们安然不动，呈现出一种浑浊的赤红色泽。刚才有温热的液体顺着脸颊流下来，我不知道那是不是节子的，又或许是我的。终于从农田那边也传来了声响。

"一直待在那儿会感冒的呢。"节子小声地说。

我想用轻快的声调回答她，于是回过头。回过头我才发现，她睁着大大的眼睛，正担忧地凝视着我。我对上她的目光，一个字也说不出来。

我离开了窗子，一言不发地回到自己的侧间。

过了几分钟，节子开始剧烈地咳嗽，她常常在拂晓时分发出这种抑制不住的咳嗽声。我钻回床上，怀着莫名的不安静静听着。

十月二十七日

今天我也在山上的森林里消磨着午后时光。

我终日思考着一个主题。关于婚约的主题——在这过于短暂的一生中，两个人能够给予对方多大的幸福？眼前清晰地出现一对年轻男女的身影，在无从抗拒的命运面前，他们安静悲观地垂着头，温暖对方的身心，并肩而立，那般寂寞，却也算不得不快乐。除此以外，现在的我又能描绘些什么呢？

广袤无垠的山麓泛出金黄的光泽，夕暮时分，我照常加快脚步。在随坡倾斜的落叶松林边缘，一个个子高高的年轻女人站在那里，夕阳刚好悬在疗养院背后的杂木林边上。她沐浴着余晖，头发散发出耀眼的光芒。我远远地看着她，然后停住脚步。我想那是节子，可她怎么会孤零零地站在那种地方，我又不确定起来，只好匆匆赶上前去，走近后我发现，果然是她。

"怎么回事？"我快步上前，气喘吁吁地问她。

"我一直在这儿等你。"她红着脸微笑道。

"你真是胡来。"我盯着她的侧脸道。

"就这么一次也没关系……而且今天我心情挺不错的。"她竭力用快活的声调说着，出神地凝视着我回来的山麓方向，"我老远就看见你从那边走过来。"

我默默地站在她身边，望向同一片山麓。

她再度用快活的声调道："从这里可以望见整个八岳山呢。"

我淡淡地"嗯"了一声，就这样同她并肩望着那座山，忽然觉出某种莫名而来又不可思议的混沌。

"还是第一次像这样和你一起看着那座山呢。不过我总觉得从前我们已经一起看过很多次了。"

"怎么可能?"

"不,不对……我明白了……很久以前,我们也是这样,在这座山的对面一起看风景。是了,那个夏天,那里总是被云朵遮着,什么也看不见。秋天的时候,我一个人又去了一次,沿着遥远、遥远地平线的尽头,可以看见这座山的背面。那会儿我就想着,那究竟是什么山呢?其实就是这座山了。刚好是这个方向……你还记得那片长满芒草的原野吗?"

"嗯。"

"真是神奇啊。我们竟然毫无所觉地在那座山的山麓一起生活了这么久……"刚好是两年前,那个秋日的最后一天,透过葳蕤一片的芒草,初次邂逅了清晰绵延在地平线上的群山。眼前鲜明地浮现出一个无比令人怀念的男人影像,他远远地望着它们,感受到一阵近乎悲伤的幸福,而后梦想着终有一天能和他的姑娘在一起。

我们不再说话,望着鸟群无声地掠过天空,望着远方重叠的群山,眷慕的心情同那些最初的日子一般无二。我们紧紧贴着肩,伫立在那儿,直到草地上慢慢爬出我们纤长的影子。

终于拂过轻微的风,吹得背后的杂木林忽地发出嘈杂的声响。我似乎惊醒过来,对她说:"该回去了。"

我们走进杂木林，地上铺满了落叶。我偶尔停下来，让她稍稍走在我的前面。两年前的夏天，我也是这样故意等她走在前面两三步远的地方，只想让目光好好落在她的身上。我又感到心脏被紧紧勒住的疼痛，那么多在森林里散步时的细小回忆，它们就要满溢而出。

十一月二日

夜晚，一束灯光拉近了我们。已经习惯彼此的沉默，我在灯下不停书写着关于我们那生之幸福的主题故事，薄暗灯影下，节子静静地躺在病床上，静得让人分不清她到底在不在那里。偶尔我会抬起头望过去，她正一动不动地凝视着我，仿佛看了很久，那目光里含着几分爱意，像是急于表达"能这样待在你身边，我觉得很好"。她的目光让我相信了此时我们拥有的幸福，也拯救了努力要为那种幸福画出一个明晰形状的我。

十一月十日

冬天来临。天空变得辽阔，群山近在眼前。顶上好似静静浮着几片雪云，从来不见它们飘动。这样的清晨，阳台上飞来很多从未见过的小鸟，如同被山间的深雪追赶到这里。待雪云飘走后，整整一天，山顶都会呈现出一抹淡薄的洁白，于是这段日子，积雪总是这般醒目地装饰在几座山顶上。

数年前我时常梦想着，冬天能和自己心爱的姑娘在这种寂寞的山岳地带过着与世隔绝的二人生活，陪伴我们的只有那略显悲伤的爱情。我想试着在令人敬畏的苛酷自然中，培育一种与我的梦想全然相似又绝无损伤的甜美人生，并且从幼时起就守着这个梦，没有止境，也不曾停止。为此，我必须在冬天出发，让自己真正来到寂寞的山岳地带。

——天快亮的时候，病弱的姑娘还在睡着，我悄悄起身，兴致勃勃地奔出山间小屋，站在雪地上。周遭的群山沐浴着晨曦，闪烁着蔷薇色的光芒。我从隔壁的农户分到一些新鲜挤出的山羊奶，在冻透之时回到家里。然后，我往暖炉里添了一些柴火，没过一会儿它们发出啪啦啪啦活泼的声响。姑娘随即醒来，我无比愉快地用彻底冻僵的双手，原原本本地记录下了我们的山间生活……

今日清晨，我想起这个久违的梦，眼前出现了一幅并不存在于任何地方的版画般的冬季景色。在那栋原木搭建的小屋中，我正和自己商量如何摆放所有的家具。后来那背景渐渐支离破碎，在它朦朦胧胧消失无踪的时候，我只能看见从那个梦里剥离出来的现实，化成了残雪覆盖的群山、掉光叶子的树，以及冰凉刺骨的空气。

我独自先吃了早饭，坐在椅子上滑去窗边，脑子里全是回忆。节子好不容易用完饭，仍旧坐在病床上，目光带了些许倦意，失神地望着群山的方向。我忽然转头看着她。她的脸藏在几缕乱发里，神情憔悴。她的模样刺痛了这个凝视。

难道为着描画自己的梦，我已经把你带到了这种地方吗？这时的心情应该无比接近后悔，迫使我沉默地咽下那句话，转而对节子说："你看，最近我一心一意忙于工作，即便像这样陪在你身边，也完全没有考虑到你眼下的状况。然而我不停地告诉你，告诉自己，希望在我工作的时候，也能为你考虑得更多更多……于是不知不觉间在这样的好心情下，比起你的事，我把更多的时间消磨在了那个毫无意义的梦想上。"

或许察觉到我欲言又止的目光，节子坐在病床上认真地看着我，脸上甚至没有微笑。不知从何时开始，近来我们已经习惯这种比从前更为长久的注视，像是要把对方束缚在触手可及的视界中。

十一月十七日

再过两三天就能完成我的小说了。如果完全详细记录我们现在的生活，它大约会变得没完没了。为了让书写告一段落，我必须及时给它安上一个结局，尽管其实我一点也不愿意分给我们眼下的生活任何一种可能的结局。不，应该说是无法分给吧。或许最理想的情况是，我们用当下真实的模样终结这个故事？

当下真实的模样？我想起曾在一个故事里看过一句话："没

有什么行为能比对幸福的追忆更加妨碍幸福本身。"如今我们给予对方的东西，与从前我们给予对方的幸福是多么不同，它与幸福相似又相异，是在其之上将心脏紧紧勒住的更为悲伤的存在。它真实的样子未曾显露在生之表面，如果我就这样追上去，它会不会老老实实送给我们的故事一个幸福的结局呢？我总觉得有些事物潜伏在我尚未理解透彻的生之侧面，并对我们的幸福不怀好意。

我焦躁不安地考虑着这些事情，关掉灯，正打算从睡熟的节子身边离开，忽然又停住脚步，就着暗淡的光线静静凝视她的睡颜。她的脸浮现在一种微白里，凹陷的眼眶周围偶尔闪过细小的痉挛，简直如同正被某些莫名之物威胁一般。又或许带给我这种感觉的，仅仅是体内那些无可名状的不安？

十一月二十日

我通读了一遍迄今为止写下的小说初稿，那些我在意且曾着力书写的细节大约都让我满意。然而在此期间，我开始看到另一个自己，他读着这个故事，却出乎意料地惴惴不安，因为他丝毫感受不到成就了故事主题的我们自身的"幸福"。于是，我的思绪不觉从故事本身脱离而出。"这个故事里的我们，一边竭尽全力地品尝微不足道的生之快乐，一边让自己相信那样能给对方带去幸福，我想至少是这种相信，能像细绳一样把我犹疑的心归拢起来——然而我们是不是祈求过高了呢？又或者是我太过轻视自己的生之欲望？为此，这颗心上的细绳才会这样分崩离析？"

"可怜的节子……"我把小说初稿扔在桌上，继续思考着，"她看透了我恍若不察的生之欲望，却不发一言，并且寄予无限同情，可这只会让我更加痛苦……为什么我没法向她隐藏起这样的自己？我竟然是如此软弱的一个人？"

我看向躺在病床上的节子，灯影下她半合着眼睛，几乎感觉不到呼吸。我安静地走去阳台的方向。月亮把它自己小小地悬在夜空，借着微弱的月光，能隐约分辨晚云缭绕的群山、丘陵和森林的轮廓，此外的一切都消融在某种钝青色的幽暗里。不过我想我看到的是另一些东西。那个初夏的黄昏，两人怀抱着近乎悲伤的同情，打算带上我们的幸福走到最后一刻，继而眺望着记忆中不曾消失的群山、丘陵和森林。这画面在心底熠熠生辉，我们自身似乎化为它的一个成分。后来，这片刹那的风景也曾无数次苏醒，反过来化为我们存在的一个成分，随着季节的推移，隐藏起现在的姿态，变成全然陌生的模样。

"是不是凭借那种幸福的刹那，就已足够维持眼下的生活？"我问自己。

背后响起轻悄的脚步声，我想一定是节子，但我没有回头，我一动不动地等在那里。她也没有出声，在离我不远的地方停下脚步。呼吸相闻间，我知道她就在那里，触手可及。冰凉的夜风时而从阳台上空无声地掠过，远方某处的枯木将风声拖得长长的。

"你在想什么？"她终于开口问道。

我没有立刻回答，忽然转向她，浮起一个隐约的微笑，反问她："你是明白的吧？"

她审视般看着我，似乎担心掉进什么陷阱。

我瞧着她的反应，不急不缓地开口："不就是在考虑工作的事儿吗？我怎么也想不出一个满意的结尾。我不想仓促结束这个故事，让我们的生命显得毫无意义。怎么样，不如你陪我一块儿考虑一个结局吧？"

于是她对我露出一个微笑，然而，就连这个微笑也藏着不安。

"我还不知道你究竟写了什么，不是吗？"不一会儿，她小声地说。

"是这样吗？"我再度浮起一个隐约的微笑道，"那我最近抽时间读给你听吧。不过开头部分还没有整理好，大约不适合读给人听。"

我们回到屋内。我重新坐在灯边，拿起被扔在一旁的小说初稿翻阅起来。她站在我身后，手搭在我的肩上，努力越过肩膀看着那些文字。我猛地回过头，嗓音干涩地对她说："你还是去睡觉吧。"

"嗯。"她乖乖地应了一声，手在我的肩上来回轻轻抚了抚又放下，回到了床上。

"总觉得睡不着呢。"过了两三分钟，她在被窝里自言自语道。

"那我把灯关了吧？我不看稿子了。"我一边说着，一边站起身关掉灯，走去她的枕边。我坐在床沿上，轻轻握住她的手。好一阵子我们都保持着这个姿势，待在黑暗里相对无言。

风比刚才大了许多。在四周的森林里扯出不绝的声响。然后不时撞上疗养院的病楼，吹得不知哪处的窗子咯吱作响，连位于最深处的我们病房的窗户也加入其中。她仿佛有些害怕，抓住我的手不肯放开，仍旧闭着眼睛，像是在全神贯注地催发体内的睡意。接着她的手一点点松了。她装作已经睡着的样子。

"那么，接下来轮到我了啊……"我轻声自语着，为了让同她一样睡意全无的自己进入梦乡，走回了那个一片漆黑的侧间。

十一月二十六日

最近，我常常在拂晓时分从梦中醒来。

每当那时，我总是悄悄起身，频频凝视着节子的睡颜。床沿和水瓶在晨曦中泛出微黄的光，只有她的脸依旧苍白。"可怜的姑娘。"这话不觉间脱口而出，似乎已经变成我的口头禅。

今早我又在拂晓时分醒来，长长久久地凝视着节子的睡颜。然后我踮着脚悄悄出了病房，走进疗养院背后那片枯萎殆尽的杂木林里。每一棵树上都残留着枯死的叶子，三三两两地挂在风中徒劳抵抗着。待我走出这片空旷荒凉的树林时，太阳刚从八岳山的山顶露出脸来。层云低低地浮在从南往西并肩绵延的群山上空，一动不动。一眼瞥去，它们开始闪烁着艳红的光芒。不过这会儿，这微弱的曙光似乎还没投射到地面。山间交错分布着森林、农田和荒地，它们在冬季那样荒芜，看上去就像被一切事一切物全然地抛弃掉。

我不时在枯木林边站上一站，因为太冷，不由得一边跺着脚一边在附近来回走动。脑海里唯一游移不定的想法是，我根本不知道自己在想些什么。忽地抬起头，我发现不知何时天空失去了那片艳红的光芒，暗色的云朵完全锁住了视线。直到刚才，我还在全心全意等待着那些闪烁着美丽色泽的曙光投到地面，它们却变得这样无趣，我顿觉兴味索然，匆匆返回了疗养院。

节子已经醒了，看见我回来，她只是很快朝我的方向抬了抬眼，目光有些忧郁，脸色比刚才睡着时更显苍白。我走近她枕边，捋了捋她的头发，刚要在她额头上轻轻吻下去，她微微摇了摇头，我一言不发地看着她，我想我的目光或者也有些悲伤。可她好像为了避开我，不，为了避开我的悲伤一般，把视线失魂落魄地转向天空，久久没有离开。

夜

　　只有我对一切一无所知。上午的检查结束后，我被护士长叫去了走廊。然后我第一次得知，今早节子咯了少量的血，就在我不知道的时候。她对我隐瞒了这桩事实。咯血的程度虽不算危险，不过为了安全起见，最好配备一位随行护士——院长这般建议。我只得同意了。

　　我决定这段时期临时搬去隔壁刚好空出来的病房。现在，我独自一人坐在病房里书写这篇日记。这间屋子与我们所住的那间病房别无二致，可它给我的感觉全然陌生。我已经在屋内静坐了几个小时，依然感觉四周这样空旷虚无。好像谁也不在，唯有灯光冰冷地闪烁。

十一月二十八日

我一直把几近完稿的小说扔在桌子上，完全不打算理会。我曾耐心地告诉节子，为了修改润色小说初稿，我们最好暂时分开居住一段时间。

然而现在的我心情如此不安，还能沿着曾经描绘出来的我们的幸福，独自走下去吗？

每天，大约隔上两三个小时我就会去隔壁的病房，在节子的枕边坐一会儿。不过让病人聊天着实不利于她的健康，因此我们几乎没有说话。即便护士不在的时候，我们也多是默默地握着对方的手，尽量避开彼此的视线。

当视线避无可避地撞到一起时，她会像我们初遇的那些日子一样，迅速挤出一个害羞的微笑，很快别开目光，望着某处虚空，没有丝毫不满地平静睡去。有一回她问我工作进行得还顺利吗，我摇了摇头。那时候，她看向我的眼神带着怜惜。而那之后，她便再也没有问过。那之后的每一天，和往常并无不同，仿佛全然无事般静静流逝。

并且，当我提议代她给她父亲写信时，她拒绝了。

夜里，我在桌前无所事事地坐了很久。灯影落在阳台上，随着离窗户越来越远，那些影子也越来越幽微，包裹在四方袭来的黑暗里，又仿佛这只是我内心的某种感觉。我失神地盯着它们，心想或许此时节子尚未睡着，也正默默地想着我……

十二月一日

已经到了这个季节，夜蛾对我房间的灯光依然很有兴趣，数量似乎有增无减，着实令人费解。

晚上，那些夜蛾不知从何处纷纷飞来，猛烈地撞上紧闭的窗玻璃，仿佛一边自伤一边努力求生，却又赴死般尝试着在玻璃上凿出小孔。我受不了这种吵闹，熄灯躺去床上。它们依然疯狂地扑扇着翅膀，好一会儿才渐渐消停，飞去某处贴着不再动弹。第二日清晨，在那扇窗户下，我必然能够发现夜蛾的尸骸，它躺在那儿，像一枚腐朽的叶子。

今晚也有一只这样的夜蛾，可它竟然飞进了我的屋子，绕着我对面的灯疯狂转圈。后来终于发出啪的一声脆响，落在我的稿纸上，很长一段时间动也不动。而后，像是记起自己还活着，忽地飞了起来。看上去，这只夜蛾完全不知道自己在做什么。没过多久，它再度啪的一声落在我的稿纸上。

我并不打算因为异样的恐惧将这只夜蛾驱逐出去，反倒一脸冷淡地看着它，任它在那沓稿纸上死去。

十二月五日

傍晚，病房里只有我和节子两人。不久前，随行护士离开去吃晚饭。冬日的夕阳已经沉入西山背后。斜晖匆匆在这间寒冷刺骨的病房里照出一室明亮。我坐在节子枕边，将脚搭在取暖器上，俯下身读着手中的书。这时候，节子忽然低声叫道："哎呀，是父亲！"

我不由得吃了一惊，抬头看向她，她的双眸熠熠生辉——可我仿佛没有听到她那低低的声音，装作若无其事地问："你刚才说什么了？"

她有好一会儿没有回答，然而那双眸子比刚才更加明亮。

"那座低矮山峰的左侧边缘，有一块阳光能够照到的地方，对吧？"她犹如下定决心般，坐在床上伸手指了指那边，接着把指尖放在嘴唇上，像是要把某些难以启齿的话从口中硬拉出来，"这个时间，那里总会出现一抹影子，和父亲的侧脸一模一样……看，这会儿刚好出现，看到了吗？"

顺着她手指的方向看去，我很快明白她说的是那座低矮的山峰。在我看来，那不过是在斜晖下清晰浮现的山体褶皱。

"已经消失了……啊，不过额头的部分还能看见……"

这会儿，我终于也辨认出那块形似她父亲额头的山体褶皱了。我觉得它的确很像节子父亲那坚实的额头。就连对着这么一小片山影，她也能在心里将它看作父亲般渴求吗？啊，她依旧全身心地感受着父亲、呼唤着父亲呢……

不过一瞬，黑暗彻底笼罩了那座低矮的山峰。所有的山影消失无踪。

"你想回家了吗？"我冷不丁说出这句话，它一开始就浮现在我心底，从未离开。

说完，我有些不安地寻找着节子的视线。她近乎淡漠地回视着我，忽然别开目光，用沙哑的、几乎听不清的声音道："嗯，不知怎么，想要回家了。"

我咬着唇，不着痕迹地离开床沿，走去了窗边。

她颤抖着声音，在我身后道："对不起……只是刚才那一瞬间，我很想回家……这种情绪，过一会儿就没事了……"

我站在窗边，一言不发地抱着胳膊。山麓地带涌起一块块的暗影，而山顶部分依然飘浮着幽微的光线。突然，一种喉咙被扼紧般的恐惧向我袭来。我仓促地扭头看着节子，她正把脸埋在两只手心里。我忽然感到一切都离我们而去，一切都在消失，这种不安将胸口塞得满满的，我冲去节子的床边，拼命把她的手从脸上拿开。她没有反抗。

她高高的额头，她眸子里寂静的光芒，她紧抿的嘴唇——这一切与往常没有任何不同，可似乎比往常更加、更加难以靠近。我像个小孩一样，分明什么事也不曾发生，却胆怯得手足无措。然后，仿佛浑身的力气忽然被抽空，我猛地跪下去，把脸埋进床沿，就这样一动不动，脸始终贴在那处，仿佛可以跪到地老天荒。我感觉节子伸出手，正一下一下轻轻抚摸着我的头发……

此时，屋内光线早已薄暗。

死亡阴翳之谷[①]

一九三六年十二月一日　于K村

这座几乎阔别三年半之久的村落，已经完全埋入深雪。大约一周前，雪花无止无尽地降下，今早似乎终于停了。这个冬天，我都会留宿在这附近的一栋山间小屋。村里那位照顾我伙食的小姑娘和她的弟弟把我的行李放在雪橇上，一块儿拉去我的住处。那雪橇小小的，与男孩子十分相称。我顺着雪橇划出的痕迹走在后面，途中几次险些滑倒。山谷背阴处的积雪冻得格外冷硬。

我租借的小屋位于村落往北稍走一段路程的小山谷中。很早以前，那一带便四处建有外国人的别墅——我那栋小屋应该就

① 死亡阴翳之谷：笼罩着死亡阴影的山谷。

在那些别墅的最边上。听说夏天前来避暑的外国人，把这片山谷称作"幸福之谷"。这般荒无人烟的寂寞山谷，到底是如何让他们感觉幸福的？我跟在姐弟俩身后慢慢往山谷走去，眼前是一座又一座埋于雪中的别墅，看上去像是被全然抛弃掉，一个与山谷之名完全相反的名字差点从我口中蹦出来。我有些犹豫地咽下那个名字，但没过一会儿改变了心意，飞快地念道：死亡阴翳之谷……是的，这个名字远比之前的更符合这片山谷。至少在我这个即将在如此寒冷的隆冬、在如此荒凉的地方度过寂寞鳏夫生活的人眼里就是这样。想着想着，我们终于抵达了租借的那栋位于别墅区最后面的小屋。它有一个不能更小的阳台，屋顶铺着树皮，周遭雪地上残留着许多脚印，不知道来自谁。姐姐打开屋门，先一步走进去。在她打开防雨窗的时候，弟弟逐一告诉我这些异样的脚印里，哪些是野兔的，哪些是松鼠的，还有哪些是山鸡的……

　　然后，我站在那个一半埋入雪中的阳台上眺望周遭的风景。从这里往下望去，刚才我们爬上来的山谷背阴处正是这片小巧山谷的一部分。我看见弟弟独自乘上雪橇回去了，瘦小的身影在光秃秃的树丫间若隐若现。目送他小小的身影消失在下方的枯木林中，我又打量了一圈山谷，这时小屋内似乎已被他的姐姐——那位村里的姑娘收拾打扫完毕。我头一次真正走进屋内，只见墙壁上已经贴好了杉树皮，天棚上空无一物，屋内的布置比想象中简陋，却并不让人厌恶。我很快上了二楼，从寝床到椅子，所有都是成双配套的。一切刚刚好，像是专门为你和我准备——说起来，从前我是多么憧憬能够同你一块儿在这样的山间小屋里过不被旁人打扰的孤寂生活。

傍晚，那位姑娘已将晚饭做好，我很快让她回了村子，然后把一张大桌拖到暖炉旁边。从今往后，我会在这张桌子上写作吃饭、处理各种事务。无意间，我抬头瞧了瞧上方挂着的日历，它还停留在九月。我站起身，撕下已经过去的月份，在今天的日期处标上记号，翻开了久违一年的日记本。

十二月二日

北方某处的山峰频频吹过暴雪，昨天还触手可及的浅间山，今天已完全被雪云笼罩，看来山间深处也正"兵荒马乱"着，甚至影响了位于山麓的这座村落。阳光时而明亮地投射下来，雪花细碎纷扬地跳着舞，偶尔那些洁白的碎片突兀地覆盖在山谷之上。隔着山谷，能够望见遥远南方群山附近的晴空，而山谷依旧沉落在阴翳里，暴雪绵绵不绝地吹过，然后在意想不到的瞬间，让阳光哗地一下泻入。

我站在窗边眺望了一会儿山谷变幻不绝的风景，很快因为寒冷又回到暖炉旁，如此往返数次，大约是这个缘故，让我一整天都端着浮躁的情绪。

中午，村里那位姑娘背着包袱过来了，脚上只套了双布袜，从手到脸冻得通红。这是一个坦率的姑娘，最重要的是她的话很少，这比什么都合我心意。像昨天那样，待她做好饭，我就立刻让她回去了。接下来，这一天似乎到此为止，我守在暖炉旁，什么也不做，只是出神地盯着燃烧的柴火，听它们在路过的风里发出噼里啪啦的声音。

就这样坐到晚上。独自吃完一餐冷掉的晚饭，我觉得心情好像平静下来。雪没有下大，仿佛已经停了，夜风渐起。暖炉里火势小了些，柴火的噼啪声也时断时续的，忽然就显得谷外的山风从枯木林里拽出的声响近在耳边。

大约一小时后，我感到有点头晕，也许并未适应这炉火。为了呼吸室外的空气，我走出小屋，在一片漆黑的天地间来回踱了一会儿步子，终于脸冻得冰凉冰凉的。刚准备进屋，透过屋里泄出的灯光，这才发现半空仍旧飘舞着细小的雪花，一刻不停。我进了屋，准备烤干被细雪濡湿的衣服，再度坐到柴火边。烤着烤着又开始头晕，后来连什么时候衣服已经烤干都忘了。我呆呆地坐着，想起一桩往事。那是去年的这个时候，晚上，那家山间疗养院附近也飘起了今夜一般的细雪。我无数次走到疗养院门口，焦虑地等待你的父亲。事先我跟他发过电报。终于快到深夜时分，你父亲来了。可你只是很快瞥了父亲一眼，唇边浮起一抹似有若无的笑意。他沉默地注视着你憔悴不堪的脸，时而不安地把目光转向我，可我装作无所觉的样子，有意无意地看着你。这时，你突然含糊地说了句什么，我走到你身边，你用几乎听不清的声音低低地对我道："你的头发上沾着雪花呢……"——此时，我独自一人蹲坐在炉火边，像是被这个突如其来的回忆牵引着，不由得抚上自己的头发。那里不算太湿，但很冷，抚上去之前，我一点也未曾察觉……

十二月五日

一连数日都是难以形容的好天气。旭日早早地照射到阳台上，没有风，暖融融的。今天清晨，我还把小桌和椅子都搬到了阳台，对着一谷的深雪享用早餐。周遭风景这样美，我却独自守着，实在有些可惜。吃饭的时候，我偶然抬起头，不知何时，面前枯掉的灌木丛旁跑来两只山鸡，一边在雪地上寻找吃的，一边咯咯咯地踱着步子。

"喂，你看，来了两只山鸡呢。"

我低声自言自语，想象着你在小屋里陪着我的模样，凝神屏气地盯着山鸡。我甚至担心你一不小心踏出脚步声，吓跑了它们……

这时，某间小屋顶上的积雪大块滑落，发出响彻山谷的回音，我不由得吓了一跳，呆呆地望着两只山鸡扑腾逃走，它们似乎以为那巨响是从自己脚下传来的。与此同时，我感到你就站在我身边，像那时候一样，什么也不说，安安静静地睁大眼睛凝视着我。这幅画面清晰而分明，让人痛苦。

午后，我第一次走到山间小屋下方，去深雪覆盖的村子里转了一圈。我只见过它从初夏到深秋的景色，这时看着那些银装素裹的森林、山道和无人的小屋，觉得一切似曾相识，却怎么也想不起它们从前的模样。在我不知道的时候，那条我很喜欢漫步行过的水车小道上建起了一座小小的教堂。它拥有美丽的纯木结构，尖顶上覆了雪，下面露出黝黑的木板墙，它们让周遭的风景更加陌生。我拂开路边的积雪，走进了森林。从前，我常常带着你在森林里散步。不一会儿，我认出了那棵熟悉的冷杉。就要走近的时候，枝叶间传出呱的一声尖锐的鸟鸣。我停下脚步，一只从未见过的羽毛泛着青色的鸟，有些吃惊地扑扇着翅膀，迅速蹿到了一旁的树枝上，挑衅般冲我继续发出呱呱的鸣叫。我无奈地转过身，离开了那棵冷杉。

十二月七日

在集会堂旁边冬日枯萎的树林里，我感觉耳边突然钻进两声布谷鸟的鸣叫。那声音似远又近，引得我往周围枯掉的灌木丛、枯树上方甚至天空中看了好一会儿，鸣叫声却就此消失了。

我想那果然是我的错听吧。这时，周遭枯掉的灌木丛、枯树、天空又全都变回了夏日里令人怀念的模样，从我的心底跑出来，栩栩如生……

然而我很清楚，三年前的夏天，在这个村子里，自己失去了手中握着的一切，直到现在依然一无所有。

十二月十日

这几天，我觉得自己不再能够清晰地想起你。有时这种孤独让我难以忍受。清晨，添加在暖炉里的柴火怎么也点不着，我渐渐焦躁起来，只想把它们胡乱倒腾一番。只有在这种时候，我才感到你似乎站在一旁，正担忧地看着我——于是我终于让自己冷静下来，重新拾掇起那些柴火。

午后，通常我会去村里散散步。出了山谷，道路变得不大好走，鞋子上很快沾满泥水，大约是最近化雪的缘故。我没有办法，好几次只得途中折返，朝着尚未融雪的山谷走去，不由得松了口气。不过通往我那栋小屋的山道是上坡路，我想自己很快又会变得气喘吁吁，为了振奋精神，我念了一首诗，内容记不大清楚了，有几句似乎是这样的：即便我行走在死亡阴翳之谷，亦不畏惧灾祸降临，因为有你与我同在……然而这几句诗带给我的，也不过是虚空。

十二月十二日

黄昏，我沿着水车小道路过那座小小教堂的时候，看到一个小工模样的男人正站在雪地上用心地向四周撒着煤灰。我走到男人身边，漫不经心地问他，这教堂冬天也会开放吗？

"今年再过两三天就要关门了。"小工顿了顿撒煤灰的动作道，"去年倒是整个冬天都开放的，不过今年神父大人要去松本一趟……"

"大冬天的，村子里还有信徒吗？"我毫不忌讳地问。

"几乎都不来了呢……神父大人每天一个人做弥撒。"

我们站在那里有一搭没一搭聊着的时候，刚好那位德国神父外出回来了。他日语似乎不太灵光，待人却很亲切，他拉着我问了些问题，后来像是听岔了什么，频频建议我明天，也就是星期天，一定要上教堂来听他做弥撒。

十二月十三日，星期天

上午九点左右，我漫无目的地走去教堂。祭坛前点起了细小的烛火，神父和他的一位助祭正要开始做弥撒。我并非信徒，不知道这种时候应该怎么做，只好在最后一排麦蒿编织的椅子上坐下来，尽量不弄出声响。好不容易习惯了教堂内的昏暗光线，发现我原本以为空无一人的信徒座席的最前排，一个全身黑衣的中年妇人正跪在柱子的阴影里。我这才注意到，从刚才

076

开始她就一直跪在那儿。我顿时感觉教堂中弥漫着阴森寒凉的气息……

那之后，弥撒又持续了快一小时。临近结束的时候，我看到那个妇人忽然取出手帕遮在脸上。我不明白她为什么要这么做。这时弥撒终于结束了，神父并未转向信徒座席，而是直接走进一旁的小屋内。那个妇人仍旧一动不动地跪着。我瞅准时机，悄悄溜出了教堂。

天空中飘着薄薄的阴云。我在融雪后的村子里随意走着，没有目的也没有方向，心底空荡荡的。我去了从前和你经常跑去画画的原野，那棵白桦树清晰地立在原野中央，树根部分的残雪还没有融化。我站在树下，怀念般地抚摸着树干，直到指尖快被冻僵。可是这会儿，我连那时候你在这里画画的模样也想不起来了……我终于转身离开，带着无可名状的寂寞的想念，穿过一棵棵枯树，一口气爬上山谷，回到小屋。

我喘着粗气，不由得在阳台的地板上坐下，忽然就感觉你来到我身边。而我这样焦灼不安，装作一无所知的样子，失神地撑着下巴。后来，这感觉变得前所未有地分明，仿佛你还像从前那样，正习惯性地伸出手轻轻抚过我的肩……

"饭已经做好了——"

小屋中，那位姑娘对我喊道。刚才她一直在等我回来。我被这道声音拽回现实，脸色忧郁地进了屋子，原本很想再这样独自静静地待一会儿。我没有理会那姑娘，像平日一样开始一个人吃饭。

夕暮时分，我觉得自己仍旧焦灼不安，便打发了那姑娘回去，过了一会儿为自己的态度感觉有些后悔，再次无所事事地去到阳台，像刚才那样（这一回你"不在"）失神地望着残雪覆盖的山谷。慢慢地，我看见有个人影穿过枯木林，一边左顾右盼地打量着山谷，一边朝这边走来。我心想那人是从哪儿来的呢？再细细望去，原来是那位神父，他正四下寻找我所居住的这栋山间小屋。

十二月十四日

昨天傍晚，我和神父约好今天去教堂。到了教堂，神父说明天教堂就要关闭，他会立刻出发前往松本。他一边和我说话，一边不时走去那位正在收拾行李的小工身边，似乎对他吩咐着什么。接下来，他有些遗憾地反复说，好不容易刚在这村里招收到一位信徒，眼下却得离开了。我立刻想起昨天在教堂看见的那个妇人，她应该是德国人。我打算向神父打听一下那个妇人，又觉得或许会让神父理解错误，以为我是在说自己……

我们的对话出现微妙的落差，接下来甚至屡次中断。不知何时我和神父沉默下来，在过分温暖的暖炉边，透过窗玻璃，望着冬日明亮的天空以及在大风中飘飞而过的细碎云朵。

"这么美的天空，只有在刮着风的寒冷冬日才能看见哪。"神父若无其事地开口。

"是呢，要不是这种刮着风的寒冷冬日……"我像鹦鹉学舌一样回答道，神父漫不经心的感叹奇妙地触动了我的内心。

在神父那里逗留了差不多一小时，我回到山间小屋，看见邮局寄来的一个小包裹。那是我很早以前订购的里尔克①的《安魂曲》，除此之外还有两三册书。这些书册里贴着各种标签，一定经过许多人的手，才被辗转送到了这里。

夜里，做好就寝的准备后，我坐在暖炉边，不时侧耳倾听窗外晚风路过的声音，开始阅读里尔克的《安魂曲》。

十二月十七日

又下雪了。从清晨开始，大雪几乎没有停过，眼见着山谷再度披上洁白的雪衣。就这样，冬日渐渐深了。一整天，我都窝在暖炉旁边，偶尔像想起来什么似的，走去窗口茫然地盯着那片雪谷，很快又回到暖炉边，继续读里尔克的《安魂曲》。即便在最后一刻，我也没打算让你静静离开，而是不停地向你索求，我为自己这颗女子般纤细脆弱的内心，感到一阵强烈的

---

① 赖纳·马利亚·里尔克（1875—1926）：奥地利诗人，孤独与寂寞是其诗歌的情感基调。代表作有《祈祷书》《杜伊诺哀》等。

悔意……

我将死者随身携带，并放任他们离去，

而后惊诧地发现，

他们迥异于传闻，令人深信不疑，

他们迅速安于死亡，快活非常。

只有你——只有你再度归来。

你掠过我身边，迷惘徘徊，无意撞上了什么，

因为你，它发出声响，泄露了你的存在。

啊，请别收回那些我曾耗费心思学来之物。

因为我正确无误，而你错漏百出。

倘若你为谁的事物牵动了乡愁，

即便那事物近在眼前，也不意味着就在此处。

当我们察觉到它，

不过是表明它正从我们的存在里映现而出。

十二月十八日

雪终于停了。我想此刻正是时候，便一点一点走进那片从未去过的树林深处。时而有积雪从枯木上滑落，发出巨大的声响，雪沫扑面而来，我兴致高昂地穿过一片又一片林子，自然地上没有任何人行过的足迹，而仅有的一些痕迹，像是野兔在

附近跳来跳去留下的，又像是山鸡笔直地横穿而过。

走了很久，林子依然不见尽头。雪云再次笼罩在林子上空，越来越厚。我没有再往深处走，途中就折返回来。可是，我好像搞错了方向，不知不觉连自己的脚印也丢失了。我忽然感觉有些慌乱，一边拂开积雪，一边在林子里无所顾忌地朝着也许通往小屋的方向横冲直撞。不知什么时候，我感到身后响起一串隐隐约约的脚步声，那的确是不属于我的脚步声……

我一次也没有回头，快步出了树林。然后，心口像是被紧紧勒住，我听见几句诗从我的嘴里冲出来，那是昨晚读毕的里尔克《安魂曲》的最后数行——

> 请别归来。倘若你能忍耐，
>
> 请回归死者。死者亦有诸般要事尚需完成。
>
> 在此之前请帮助我，只要它不分散你的注意力便好，
>
> 如同远方之物时常赠予我力量那般——于我的心底。

十二月二十四日

晚上，我应邀去村里那位姑娘家过了一个寂寞的平安夜。这样一座冬天人迹罕至的山村，只在夏天涌入大群外国人，然而村里人也学着他们的习惯，有模有样快快活活地度过了圣诞节。

大约晚上九点，我独自从村里回来，山谷背阴处被积雪映得明晃晃的。走入最后一片枯木林的时候，我忽然瞥见山道旁一丛积雪的灌木上方，像是从哪里落下来一小片幽微的光晕。我很吃惊，不知道是哪一家的灯光洒到了这种地方。我四下望了望，这片小小的山谷里散布着别墅，可眼下亮着灯的只有一家，就是我的那栋山间小屋，它坐落在山谷的最上方，这些光线来自那里。"原来我是一个人住在那样的山谷中啊。"这样想着，我缓缓地爬上了山谷。"我那小屋里的灯光竟然可以照到这么远的树林来，从前我一点都不知道，你看……"我自言自语道，"看，这里也有，那里也有，那些散落在积雪上的小小光晕几乎笼罩着整片山谷，而且它们都是从我那栋小屋里来的哪……"

我终于爬上山谷回到了小屋，站在阳台上重新向山谷望去，想要看看屋内的灯光究竟能照到多远。可是这样一看，仅仅只有少许光线照亮小屋周围的方寸之地，而离小屋越远，这些少许的光亮就越幽微，最后消融在积雪折射出的光线中。

"原来从这里看过去，那么明亮的灯光也不过如此啊。"我失望地轻声咕哝着，仍旧出神地望着那片灯影，脑海里忽然闪过一些念头，"不过，这些灯影和我的人生还真是一模一样。原本以为我的整个人生只有那么一丝光亮，其实它们同这栋小屋里的灯光一样，比我想象的要明亮得多。而后它们或许根本连我在想什么都不关心，就这样若无其事地支撑着我一个人走下去……"

雪光铺满了阳台，带来一片寒意。那些出人意料的念头，让我独自站在这里很久很久。

十二月三十日

这真是一个安静的夜晚。像往常一样，我的脑海里闪过一些念头——

"同一般人相比，我既没有特别幸福，也没有特别不幸。那些关于幸福的概念，曾让我们那样焦虑不安。是的，到了今日，那些我以为即将忘记的，原来早已被我遗忘。与从前相比，反而是现在的我更接近幸福的状态。不过仔细想来，最近我的内心在那样的幸福之外还保留着些许悲伤——即便如此，我也并非不快乐。或许因为我把自己同世间隔离开来，置身在彻底的孤独之中，才能过上这种平淡无波的生活。我想，像我这么软弱的人，完全是因为有你，才实现了这样的心愿。然而节子，在此之前，我一次也没有想过，我是为了你才来到这里过着这样孤独的生活，不论怎么想，我都是为了一己之私，擅自任性地做着这许多事。或许，也有一部分是为了你，但其实它们看上去依然像是为了我自己，于是，我也早已把你对我的爱，那些我没有资格承受的爱视为理所当然了吧？而你就是这样对我别无所求，一心一意地爱着我的，对吗……"

这些念头一刻不停地浮现在我的脑海。像是忽然记起了什么，我奔出小屋，依旧站在阳台上。大约在山谷的背面，冬风频频呼啸，仿佛从很远的地方吹来。我侧耳倾听了一会儿，好像我特意跑到阳台上来，就是为了这片响在远方的风声。横亘在我面前这片山谷中的一切，最初只是被雪光朦胧地映照着，呈现出模糊的色块。后来当我有意无意凝视着它们的时候，也许是眼睛习惯了周遭的微明，又也许是我不觉间用自己的记忆填补着它们，不知何时一切变得独立而分明，浮现出安静的线条与形状。就这样，我觉得周遭的所有都亲近起来，这片被人们称作"幸福之谷"的地方——没错，原来如此——习惯这里的生活后，我愿意像人们一样感受这个名字里包含的东西。山谷彼端的风声那样喧嚣，只有这里真正寂静。我这栋小屋的背后时而也会碾出一些细微的声音，或许是远方的风吹到了这里，枯掉的树枝在风中轻轻碰撞出声响；又或者，是某处冬风渐弱的尾巴，吹起我脚边的两三片落叶，发出幽微的沙沙声，又把它们带到别的落叶之上……

旷　野

思君难忘，离情何辛。孤生迢递，长恨此身。

　　　　　　　　　　　　——《拾遗和歌集》

一

　　那时，西京六条附近住着一位中务大辅①。此人性情保守，
仿佛为世间所遗忘。那栋祖传的大宅遍植松树，他和妻子便住
在年代久远的西厢房，十分宠爱膝下唯一的女儿，过着安闲宁
静的生活。

　　时光流逝，女儿终于长大成人，夫妻俩想到自己时日无多，
忧心女儿将来无依无靠，就从众多求亲者中挑选了一位兵卫
佐②。这位年轻人甚合夫妻俩心意，最重要的是，他人品出众，

---

　　① 中务大辅：日本律令制下的官职。中务指中务省，是从属于太政官的
八个中央行政官厅之一，掌管官中庶务。长官称中务卿，其下有辅、丞、录等
官阶。

　　② 兵卫佐：日本律令制下的官职，兵卫府的次官。兵卫府是负责天皇和皇
居警卫、京城巡视等的部门，设有督、佐、大尉、少尉、大志、少志等官阶。

且旁人都看得出来，他深深为那姑娘的美貌着迷。接下来的两三年，于他们而言是一段平静无波的岁月。

然而，在这样与世隔绝的日子里，中务大辅一家的生活越发艰难，终于就连这位每日前来岳父家的女婿①也明显察觉了。在此期间，只有这位男子依然受到岳父家丰厚的款待，与从前并无不同，这反而让他内心苦闷不已。可是他与女子情谊日深，他觉得自己已经无法离开她了。

某年冬天，中务大辅忧思过重，不久便因病过世，很快他的妻子亦随他而去。女子终日悲叹，孑然一身，陷入穷途末路之境。当然，男子依旧每夜过来，费尽心思宽慰女子。然而两人涉世未深，渐渐便感觉诸事不顺，除却面对别无他法。后来，连每天为入宫奉职的男子做各种准备也倍感艰难，这让女子尤其痛苦，无论怎样烦恼，也无力解决。

春天再度降临。某日黄昏，女子终于下定决心，打算把这几日思虑之事坦诚相告，便对坐在身边的丈夫道："若是再这样下去，我只会拖累你。这桩事我总算想明白了。当年父母在世时，总也能想到办法，为你入宫奉职做好准备。然而如今情况不同，事不遂人意，想必累你在宫中做事也很不体面吧。请别

---

① 直到平安时代，日本仍然保持"妻问婚"制度，又叫"招婿婚"或"访妻婚"，即男女双方婚后仍分开居住，婚房设在女方家，男方每夜前往。当男方每夜不再前往女方家，即可视为离婚。

再顾虑我，多为自己打算吧。"

男子一动不动，默默地听着，这时忽然打断女子道："那么，你想让我怎么做呢？"

"只要你还能偶尔想起我这个可怜人——"女子悲伤地回答，"即便你想去别的地方，也请不要顾虑。倘若那时愿意回来，随时可来找我，只是别再像如今这样。总之，请你体面地去宫里做事吧。"

男子闭上眼睛，过了一会儿，他忽然睁眼看向女子，冷淡决然地道："你觉得我可以就这样抛下你离开吗？"

男子只说了这么一句，便故意冷冷地别过脸，恍如刚刚察觉一般，目不转睛地注视着破败土墙上抽出嫩叶的葎草。

原本女子一直强忍的啜泣，突然变作激烈的抽泣……

即便女子已对男子提出告别，他仍旧一日不落地造访女子家，两人的生活似乎与从前一般无二。然而，女子家不论男仆还是女佣都渐渐减少，土墙时常破败不堪，祖传的贵重器物也一件件丢失，这些都被男子看在眼里，不可能不明白。他的模样有了很大不同，不久，他看上去似乎比以前更沉默了，不过，也仅仅是这样的不同罢了，他甚至更加尽心地对待女子。为此，每一回相见都让女子感到难以忍受，她不知道怎样面对他，思虑很久也得不出答案，只能一味愁眉深锁。

终于又是一日黄昏，女子仿佛再也无法忍耐，道："你愿意一直这样陪着我，我真的很欢喜，可继续这样下去，只会让我痛苦不已。即便留在你身边，我又怎么忍心看着你憔悴落魄至此？况且，最近你似乎有事瞒着我，你是在考虑什么，对吗？为什么不明明白白地告诉我呢？"

男子不发一言，静静地凝视女子片刻。

"我怎么会瞒着你想什么事呢？"男子有些难以启齿地开口，"你对自己毫不在意，一味为我考虑，这让我心里很难过很不自在。过不了多久，我一定会想到办法的。那样一来，养活你一人总是不成问题。这段日子，请你再忍一忍。"

男子这样说着，一时用格外同情的目光看着女子。可是，不知何时女子已经用衣袖遮住了脸，垂头哭泣。男子静静凝视着女子波浪般涌动的黑发，忽然别过视线，迅速用袖子掩住了面颊。

那之后没过几天，男子便从女子家消失了身影。

二

男子突然沉默地离开后，女子仍旧满心期盼地等待着他，在几个用人的陪伴下，继续过着寂寞无依、无人问讯的生活。然而自那之后，男子便再也没了消息。这固然合了女子的心意，可也让她格外不安。似乎没有什么东西能够排解等待的苦闷——尽管如此，女子依然从中感到某种满足——慢慢地她明白，无论如何等待，也无法指望男子回到身边了。不久后用人中有人请辞，接着仅剩的几人也相继散去。

大约一年后，女子身边只剩下一个幼童。在这一年里，主屋倾颓不复存在，庭院深处的古松不知何时已被砍伐，杂草茂密。渐渐地，覆满葎草的大门再也无法开启，而土墙的破败日益加剧，不时可见手持不知名花朵的裸足孩童肆意地从那里进进出出。

已呈现半颓之势的西厢房一端，勉强可遮蔽些许风雨，女子便是留在那处，若有所待。

终于某一天，那留到最后的幼童也不知所终。后来，对面残败的东厢房一角住进了一位年迈的女尼，她是最近从乡野上京的，并无别的去处，与这栋宅子里从前的某个用人沾亲带故。女尼可怜这个无依无靠的女子，时常把自己从别处讨要的点心、吃食等带来给她，然而近来，女子连眼下的生活也顾之不及，却依然不肯离开，只是固执地日复一日地等待。

"只要那人能够幸福，我就这样腐朽死去也无所谓。"

尚且抱着此种想法的女子，还不能说是不幸。

在男子眼中，这一二年的光阴不过转瞬。

然而在此期间，他未曾有一日忘记前妻。宫中事务繁杂，加之他时常出入伊予之守①的小姐家里，受到对方良好的款待和照顾，秉性正直的男子，为了不辜负对方的一片好意，便尽量疏远了前妻，虽然心里挂念，却也断了和她的联系。

最初有好几次，男子曾故意挑在不那么引人注目的夕暮时分，前往西京附近的女子家。可刚一走近那条朝夕行惯的小

---

① 伊予之守：伊予是日本旧国名，即现日本四国地区爱媛县。"守"即国守。

路，他便感觉像是被什么东西阻挡着，就那样原路折返。因为这件事，男子开始思考与女子那并非本意却不得不分离的命运。

同女子不复相见的时日慢慢流逝，男子以为自己已将女子忘记，却又在某些契机下不经意地想起她。她以袖遮面的模样，她垂下头的寂寞身影，一切都比从前更为鲜明地浮现在心上，最后，这个女子的呼吸、衣袖摩挲间温柔的声音，也终于历历地复苏。

接近春末的一天傍晚，男子怀着对女子无以复加的思念，下定决心走去了西京的方向。

那附近的小路两侧，土墙倾颓，艾蒿丛生，大部分都像无人居住的残破屋舍。终于来到从前时常进出的女子家附近，险些坍塌的大门边葎草青青，似是山吹花的植物在草丛中纷乱盛放。

"已经这样荒芜，看来是没人居住了吧。"男子心想。

或许那名女子已随别的男子去到别处，男子断念般告诉自己。他感觉对女子的思念越发迫切，转身离去变成至为困难的事。他在附近走着，于是看见那堵破败的土墙，有一处已可供人通行，连孩童也能跨步轻易进出。男人漫无目的地从那里跨入宅子，从前的几棵高大松树多被砍伐，如今空地上青草离离，池塘周围盛开着一大片山吹花。对面一直往前，便是呈现半颓之势的西厢房。此刻男子才发现，屋子上空刚好挂起了晚月，对面的屋子黑漆漆的，似已荒无人迹。即便如此，男子依然冲着对面呼唤女子的名字。自然无人应答。于是，男子越发感觉对女子的思念是那样悲切。他用袖子扫开垂下的蜘蛛网，甚至拂开茂密的山吹花丛，再一次呼唤女子的名字。这时，男子出乎意料地发现，西厢房对面的屋子泄出了隐约的灯光。心口一阵刺痛，他旋即拂开草丛往那处走去，最后一次呼唤了女子的名字。这一回，仍旧无人应答。隔着草丛，男子确信在那里的只有一位女尼，于是垂下头，沿着来时路离开了。他已彻底放弃，他再也见不到从前的那名女子。这个认知突然就把充斥于心的痛苦思念化作近乎快意的情绪，仿佛是对往昔之日莫可名状的怀想。

那天晚上，在半倾颓的西厢房对开板门的阴影里，女子失魂落魄地眺望着自白日起就隐约挂在天空的月牙，不知何时整个身体也融入了周遭的昏暗。她卧倒在那里，身影若隐若现。

这时，女子忽然惊讶地起身，似乎听见从某处传来了呼唤自己的声音。她内心波澜不惊。在此之前，她便好几次错听到了男子的声音。她觉得这会儿的呼唤也不过从心而生的幻觉，于是静静地起身听了一会儿，这一回，同样的声音清晰无比，几乎让她确信不是错听。女子忽然慌了神，手足无措间甚至忘记身在何处，终于她仓皇地将自己娇小的身躯藏在已经淡去的黑红色衣裳里，像是在那一刻，她才头一次记起自己已经狼狈不堪，瘦弱得不成样子了。其实在此之前，她不是没有察觉的，可就算知道，她也未曾在意，直到这一刻来临。直到这一刻，她忽然恐惧起来，很怕被自己长久等待的男子看见这般悲惨的模样。于是，女子没有给出任何回应，只是一味想着，除却拼命屏住呼吸，已没有别的事能做，一如自己的命运，这是多么令人悲伤。过了一会儿，池塘边的草丛中依旧有人走来走去，脚步声清晰可闻。当男子的声音最后一次响起，却是朝着对面女尼所在的东厢房而去，离她的屋子渐渐远了。后来，周遭再也没有任何声响。

一切都失去了。男子曾在那里。确实曾在那里。仿佛是让女子确认这桩事实，男子离去后的山吹花丛上方，仅剩的几丝残破的蜘蛛网在晚月的映照下发着光。女子俯下身，在粗糙破旧的榻榻米上哭泣不止……

三

那之后，又过去了约莫半年。

近江①之国的某位郡司②之子为入宫值宿来到京城。他是女尼的侄子，刚好在秋末时节住进了女尼这里。

几天后，郡司之子眼里闪烁着异样的光彩说："昨天傍晚，我在对面破败的主屋里搜寻柴火的时候，夕阳刚好照得西厢房亮堂堂的，透过残破的帘子，我看见一个模样年轻的女子愁眉不展地卧倒在那儿，我吓了一跳，赶紧回来了。那人是谁？"

女尼有些为难，不过眼下已被发现，也是没有办法了。她便给侄子讲述了女子不幸的遭遇。郡司之子无比同情，热心地听

---

① 近江：日本旧国名，位于日本滋贺县境内，琵琶湖东岸。

② 郡司：日本律令制下的地方官职。通常由地方贵族担任，从属于国司，协助其负责地方政务。

完了整个故事。

"请务必让我见一见那位女子。"郡司之子的眼睛重又闪烁着异样的光彩，用乡野青年特有的坦率语气道，"如果那位女子也愿意，那么我将带她一块儿回到家乡，再也不忍心让她遇上这样悲惨的事。"

女尼听了这话，心想这毕竟是自己的外甥，倘若一切如他所言，而女子也恰有此意，对她的将来未尝不是一个妥当的安排。

女尼虽有些踌躇，却也不得不应允了外甥，说会找个时间替他向女子转达这番提议。

台风过后的某个清晨，女尼去了女子那处，给她带了些点心等。女子坐在她面前，照旧披着褪色的衣裳。女尼安慰似的开口道："你总是这样待在这儿也不是个办法。"女尼絮絮地说着，"这事儿由我来说或许有些失礼，现如今，近江之国某位和我有些亲戚关系的郡司之子上京来了，就住在我那边。他得知了你的境况，非常热心地提出请求，望你务必随他一同回到家乡。怎么样，不如乘此机会按他说的去做吧？总比如今这样下去要好。"

女子一声不吭，抬起空茫的眸子，间或平静无波地望着因风拂动、抽出穗子的芒草，以及从那上面细碎飘过的云朵，猝然道："是啊，我再也见不到那个人了。"像是被这出乎意料的思念牵引，她旋即伏倒在那里。

那之后，郡司之子时而会在夜深之时，手持弓箭，于一片犬吠声中，来到女子所在的西厢房外徘徊不止。整整一夜，胡枝子和芒草在秋末冬初的寒风里发出寂寞的声响，时而夹杂着晚秋阵雨频繁飘落的声音。无风无雨的夜里，郡司之子为了排遣心底的恐慌，总是在四周的草丛中走来走去。

每到这样的夜晚，女子便紧紧关上板门，也不点灯，像是无处容身一般。她披着褪色的衣裳，一动不动地蜷缩在屋子深处。在荒芜至此的屋舍中，一直待在深处不动的话，会渐渐生出被某种妖怪拉入黑暗的感觉。女子无比害怕，时常夜不能寐。

某个时雨初歇的黄昏，女尼来到女子的住处，像往常一样对她敞开心扉道："你真的不打算改变心意吗？"女尼故意叹了口气，"若是一直如此，我倒没有关系，可倘若有一天我也不在了，你可怎么办才好呢？不过我想，那一天也快来了。"

女子想起了几日前的一件事——几日前，女尼头一次告诉了她郡司之子的事。她那时突然惊醒，察觉自己"再也见不到那个人了"。便是此刻，她也依然能够清晰忆起当时撕心裂肺般的痛苦。从那时候起，女子忽然折损了心气。在此之前的所有坚强——不过建立在"终有一日与他重逢"的想念之上。女子明白，她再也不是此前的自己了。

那晚，女尼悄悄让郡司之子去了女子的住处。

自那以后，郡司之子每天晚上都会过去女子那儿。

女子似已万念俱灰，一切只能交付给命运的自己看上去是这样可悲。她一边心怀悔恨，一边日日同郡司之子相见。

终于，郡司之子任期已满。这年冬初，必须回去近江的时候，郡司之子与女子相处得很是和睦，无论如何也舍不得抛下她独自回到家乡。

女子没有办法，离开京城固然令她痛苦万分，然而像是为了反抗这不如意的命运，又或者为了试探一番自己的运气，她终是跟随郡司之子前往近江。

四

　　不过，这位郡司之子已于两三年前在家乡娶了妻子，而后妻子跟在父母身边，郡司之子不得不让这位京城女子以婢女的身份随他同行。

　　"不久之后，我应该还会上京的。"郡司之子哄慰般对女子道，"到那时，你一定会以我妻子的身份随我回京，这段时间还请你多多忍耐。"

　　女子得知其中原委，仿佛胸口撕裂，哭泣不止——所有的命运在此灰飞烟灭。

　　一个月过去了，两个月过去了——几乎无人发觉有什么不妥，在她做着婢女的时间里——她觉得她变成了一个完全陌生的自己，怀着空虚的心情看光阴逝去。她好像已经全然忘记迄今为止的不幸过往，而后留在视野里的，是多年来自己横穿而过的种种际遇，闪烁着微白之光，犹如一片台风过境后荒芜枯萎、惨不忍睹的旷野。不如就这样作为婢女，不为人知地结束一生吧——不知从何时开始，女子有了这样的想法。

至此，女子已全然陷入了不幸。

虽与京城只有一山之隔，可出乎意料的是，吹拂在树梢的秋风比京城的更加激烈。湖上彻夜盘旋的寒雁发出不歇的鸣叫，女子听着雁鸣，越发感觉辗转难眠。

数年过去了，某年秋天，近江之国迎来新上任的国守①，在国中引起一阵喧嚣。

近江国守一行在国内四处巡视，去了很多地方，到达郡司官邸所在的湖边村落时，刚好是冬初时分，比良山上覆盖着隐约可见的细雪。

那日黄昏，在山丘上的郡司官邸，国守与郡司等人觥筹交错，把酒言欢。

官邸上空不时交织着鸟群短促尖锐的鸣叫声——掉光叶子的柿子树对面，枯萎芦苇的彼方，能够望见湖上泛着微明之色的沉静天空。

---

① 国守：日本律令制下地方官职"国司"四等官（守、介、掾、目）的长官。国司通常由中央贵族轮流担任，主持地方政务，下属包括地方贵族担任的郡司、乡长等。

国守带着微醺，听郡司自豪地吹嘘他的儿子如何穿过深雪去往外乡。不断有男男女女的下人端来木质方盘和点心。国守被其中一个身材娇小的女子吸引了目光，一直目不转睛地热切注视着她。她和别的婢女一样，绾着长发，衣饰简单却很整洁，看上去似乎颇有来历，神情哀戚。见到这名女子的第一眼，国守的心不可思议地蓦然一动。

宴会结束时，国守唤来一名少年侍从，附耳对他说了几句什么。

深夜，京城的那位女子被唤去郡司跟前。郡司给了女子一件小袿①，命她重新梳妆打扮一番。女子不知出了何事，依言打扮好自己，再次来到郡司面前。

郡司看着盛装打扮的女子，又向身边的妻子看了一眼，心情愉悦地说：“到底是京城来的女人啊。这样一装扮，还真是个美人，都快认不出来了。”

之后女子便随郡司去了客房那处。这时她终于明白过来，沉默不语地跟在郡司身后，仿佛被某种强大的力量拉拽着往前走去，她只能看见一个虚空的自己。

---

① 小袿：日本传统服饰，公家女子服饰的一种，是平安时代以来品阶较高的贵族女子才能着的宽袖上衣。

女子来到国守面前，一片微明的灯影里，她背对着国守，以袖遮面跪了下来。

"听说你出身京城。"国守无限同情地看着女子瘦小的背影，安慰般开口。

"……"女子没有回答。

接着，女子想起了数年之前的往事——数年前，她将自己交付给从乡野上京的陌生男子，又随他离开京城，连她自己也感到自己无比可怜，并且那时候，她其实是瞧不上那男子的。然而这一回，对方是地位更加尊贵的大人，她忍不住有些轻蔑自己，因为她即将对这位贵人言听计从，况且无论被对方如何轻视，她都毫无办法——这想法越发让她感到无比地寂寞。在女子看来，像这样被带往贵人面前，或许还不及从前那般不为人知地做婢女，虚无地埋没一生……

"我总觉得从前在哪里见过你，这种感觉很不可思议。"男子静静地说。

女子一如既往地以袖遮面，丝毫没打算吭声，只是倦怠地摇了摇头。

官邸外，不时泛起水波轻拍湖岸的声音。

第二天晚上，女子照常被唤到国守跟前。她看上去越发不知所措，越发纤瘦，以袖遮面地跪在那里，并且一言不发。

寒风整夜环伺着后山，风停时，湖水的泛波之声比昨夜更加清晰地传到耳边，时而夹杂着远处鸟群的鸣叫。国守怜惜抚慰般搂过女子，伴着寂寞的风声，不知为何，忽然想起了曾经每夜前去造访的女子。那时他还年轻，只是一个兵卫佐。她的面影鲜明地浮现在他的心上，让他的胸口突如其来地慌乱。

不对，这只是我多心了啊。男子等待胸口的那阵慌乱过去。

突然，从男子脸颊上不停淌下的泪水沾到了女子的头发上。女子察觉过来，忍不住疑惑地抬起头。这是她第一次把小小的脸朝向男子。

男子不由得与女子四目相对。忽然他觉得一切都乱了，疯狂地抱住女子。

"果然是你啊。"

女子嗓子里发出幽微的呼喊，拼命挣扎着，想从男子的臂弯中逃开。她用尽全部力气，只想这样逃开。

"你还认得我吗？"男子用力抱住女子，声音颤抖地道。

女子狠命挣扎着，耳边只有衣衫摩擦的声响。忽然，她喊出一声，倒在了男子怀里。

男子慌忙抱起她，然而一触到女子的手，他只得更加慌乱。

"振作一点。"男子轻抚着女子的背，深切地意识到，这个终于回过神、明白他在说什么的女子，没有谁比她离自己更近在咫尺，没有谁比她更价值连城。

男子终于领悟——此生头一回他终于悟明了一桩事——这个不幸的女子，擅自以为前夫是个同她不过几面之缘的男子，还把一切交付给另一个不过几面之缘的男子，如今又抱着同样的弃绝之念将所有托付给自己，这个悲惨的女子，唯有这个女子，是自己辗转世间邂逅的唯一幸福。

然而，女子就这样痛苦地倒在男人怀里。只有一次，她睁大眼睛，惊讶地凝视着男子的脸，神情渐渐化作了死颜……

神圣家族

扁理终于明白了，死去的九鬼就活在自己体内，
现在仍然强有力地支配着他。

——《神圣家族》

死亡犹如翻开一个季节的新篇。

在通往逝者家的路上，车辆渐渐增多，道路拥堵。由于路面狭窄，所有车辆停滞的时间甚至比行驶的时间还长。

正是三月。空气依旧很冷，呼吸起来却没那么艰难。不知何时，好事的人群围住那些汽车，为了看清车上的人，不惜把鼻子贴在窗户上，呼出的白气氤氲了玻璃。人群中，车主把视线转向他们，浮起一抹不安的微笑，如同要去参加舞会。

其中一面窗玻璃后，一位贵妇模样的女子闭着眼，脑袋沉沉地倚在靠垫上，恍若死去。

"那是谁？"

人们窃窃私语。

她是名叫细木的寡妇——目前为止最长的一次停滞，似乎将那位夫人从假死状态唤醒。于是夫人对自己的司机吩咐了几句什么，独自开门下车。此时，前面的车辆刚好开动，她的车在这里放下自己的主人，再次驶离。

几乎同时，人们看见一名没戴帽子、头发蓬乱的青年拂开人群，走近那位漂流物一般时隐时现的夫人，亲切地笑着握住她的手腕。

两人费力地挤出人群，细木夫人这才察觉，她几乎半边身体倚在这位陌生青年的臂间。她站直身体，目光含了询问之意投向他："谢谢你。"

青年意识到对方似对自己全无印象，微微红着脸回答："我是河野。"

即便听到这个名字，夫人也想不起他究竟是谁。不过青年相貌秀气文雅，让她稍稍安下心来。

"九鬼的宅第是在附近吧？"夫人问。

"对，很快就到了。"青年一边回答，一边有些惊讶地回头看着夫人。

她突然顿在原地。

"请问这一带有没有可以休息的地方？不知为何我觉得有点不舒服……"

青年立刻找到附近一家小小的咖啡馆——他们走进店里一看，桌上散发着灰尘的味道，盆栽叶子上也落了一层灰。青年这才注意到，随即顾虑夫人大约因此感觉不适，夫人却不怎么在意似的。青年心想，或许夫人觉得这些盆栽叶子上的灰色像极了自己此刻的悲伤。

见夫人脸色好转，青年吞吞吐吐地说："我还有些事要处理……很快回来。"

他旋即起身。

这会儿只有自己一个人，细木夫人又闭上眼睛，模仿死者的模样。

——那宛如舞会一般的喧哗到底是怎么回事？我没法走去那些人中间，不如直接回去比较好……

尽管如此，夫人依旧打算等到青年回来为止。她总觉得青年似曾相识。说起来，他的模样和死去的九鬼有点相像，也是那份相像唤起了她的一段记忆。

那是几年前的事了。在轻井泽的万平饭店，她曾遇见过九鬼。那时，九鬼身边跟着一名十五岁左右的少年——夫人想，他应该就是那少年了——她看着少年神情快活的模样，有些使坏地说："这孩子很像你呢，是你的儿子吗？"九鬼听完，只露出一个想要反驳什么的微笑，没有回答。那时她没想过九鬼会憎恨自己……

事实上，河野扁理正是夫人记忆中的那名少年。

扁理自然没有忘记，几年前，和九鬼在轻井泽与夫人有过一面之缘。

那年他十五岁。

那年他还是快活的、天真无邪的少年。

很久以后，他才想起来，莫非九鬼其实非常喜欢夫人？当时，他以为九鬼对夫人仅仅怀抱尊敬之心，这让他在不知不觉间把夫人看作他难以企及的偶像。夫人的房间在饭店二楼，对着向日葵盛开的庭园。夫人几乎闭门不出，他一次也没找着机会拜访她，时常站在向日葵的花荫下仰头望着那间屋子。他觉得它看上去那样神圣美好，包含着某种非现实的东西。

那以后，饭店的房间曾数次出现在他的梦境。在梦中他可以飞起来，于是得以隔着透明玻璃窗看到屋内的陈设。他的每一个梦里，房间的装饰风格都有所不同。有时是英国风，有时是巴黎风。

今年他二十岁了，怀抱同样的梦境，看上去比从前悲伤了些，也瘦弱了些。

刚才在人群中，隔着车窗玻璃凝视夫人恍若死去的脸，他几乎相信自己正一边走路一边做梦……

告别式的嘈杂完全冲淡了死亡带来的悲伤。离开会场后，扁理回到那间满是灰尘的咖啡馆里，再次和夫人一道发掘出那些与死亡纠缠的情绪。

他觉得那是些难以靠近的情绪。为了靠近它们，他竭力装出悲伤的样子。然而，他自身携带的悲伤，比他以为的藏得更深，并且妨碍了这种伪装。于是，他只能愚蠢地呆站在那里。

"怎么了？"夫人抬起脸看着他。

"呃，会场还是很混乱。"他惊慌失措地回答。

"那么，我不过去了，现在就回去吧……"

说着，夫人从自己腰带间掏出一张小巧的名片递给他。

"瞧我，刚才竟完全没有认出来。下次有空，请来家里坐坐。"

扁理知道夫人已经忆起他，听到她的邀约，越发慌乱得不知如何是好，不停在自己的兜里翻找着。终于他摸出一张名片，那是九鬼的。

"我没有自己的名片……"他露出一个孩子般胆怯的微笑，歪歪扭扭地在背面写下自己的名字：

河野扁理

从刚才开始，细木夫人一直在思考青年和九鬼到底哪里相像，看着这个名字，夫人终于用她独特的办法发现了那个相似之处。

——这名青年宛如九鬼的另一面。

像这样他们偶然相逢，以出乎自身意料的速度理解了对方，这其中的无形媒介，或许正是死亡。

* * *

就像细木夫人所发现的，河野扁理身上的确有某些地方形同九鬼的另一面。

从容貌来看，他和九鬼没那么相像，可以说刚好相反。然而正是那种相反，让他们精神上的相似越发显著。

九鬼仿佛很喜欢这名少年。也许通过少年，他能迅速理解自己的弱点。九鬼总是不愿意向世人展示自己的弱点，除非那是一种独特的讽刺，否则他绝不显露出来。可以说九鬼成功了一半。可他越是把软弱深藏于心，它们就越是让他难以忍受。扁理把这种不幸看在眼里，于是，和九鬼持有相同软弱的他，选择了和九鬼截然相反的做法，他竭力把它们表现出来，至于成功多少，那是以后的事。

——九鬼的死那般突兀，自然把这名青年的心搅得乱七八糟。然而它用残酷的方式，让青年认为九鬼的不自然死亡极其

114

合理。

九鬼死后，扁理受他遗孤的委托，整理他的藏书。

他每天置身于散发着霉味的书库中，耐心完成工作。这份工作似乎与他的悲伤十分相称。

某天，他在一本古老的外文书里发现了一枚旧日书信的碎片。他觉得那是她的字迹，接着漫不经心地读下去。读完后又从头至尾看了一遍。然后郑重其事地夹回原来的位置，把书尽量放在书库深处。为了记住它，他瞥了一眼封面。是梅里美[①]的《书简集》。

过了一会儿，他如念口头禅般反复道——

究竟是谁能让对方更痛苦，我们拭目以待……

夕暮时分，扁理回到自己的公寓。

他的房间着实凌乱，像是他抱着整理九鬼书库时的耐心，才把它变成了这副模样。某天，他走进房间，在堆积如山的报纸、杂志、领带、蔷薇、烟斗等杂物上，发现了一道虹色之物，它浮在他的视界里，宛如漂于水洼表面的石油。

---

① 梅里美（1803—1870）：普罗斯佩·梅里美，法国现实主义作家、剧作家、历史学家。代表作有《卡门》《高龙巴》等。

仔细一看，那是一只美丽的信封，背面写着"细木"。这些字迹让他立刻想起几天前在梅里美的《书简集》中发现的古旧书信。

他小心地拆开信封，无意间浮起一抹老人般的微笑，犹如知晓了一切。

像这样，扁理区分使用着两种微笑：小孩的微笑和老人的微笑。即是说，他清楚区分了对他人展示的微笑，以及只给自己看的微笑。

因为这两种微笑，他相信自己的心是复杂的。

扁理感到，与细木夫人的第二次会面，比从前那次更加印象深刻，完全是因为有了这样一个小插曲。细木夫人的房间和他在梦中见过的截然不同，装饰得很有格调。与英国风或巴黎风相去甚远，莫名让他想起一等船舱的沙龙。

偶尔他也会有晕船的感觉，于是十分注意不对夫人投去那样的目光。

让扁理如此不安的，并非仅仅由于眼下的环境，更由于和细木夫人聊着关于故人的回忆，不停被对方牵动情绪。他尽量挺直背脊，表现出与年龄不甚相符的样子。

这个人依然爱着九鬼，一定是这样，就像九鬼爱着她一般，扁理心想。然而九鬼的心那样软弱，这个人坚硬的内心做不到碰触它却不伤害它。正如钻石碰到玻璃，却不可能不伤害玻璃。同时，这个人也会为自己伤害了九鬼苦恼不已。

这一想法不停把扁理举到高处，那是一个凭他现在的年纪抵达不了的地方。

——终于，他看见一名十七八岁的少女走进客厅。

他知道她是夫人的女儿绢子。这名少女和她的母亲还不够相像。这让他不大喜欢她。

他觉得自己这时的心情与十七八岁的少女相距甚远，她母亲的容颜比她的更有新鲜感。

绢子也凭借少女特有的敏感看穿了扁理的心思，知道它离自己很远。她一言不发，也不打算加入他们的谈话。

她的母亲很快察觉。心中微妙的在意不允许她放任这种情形，她像个尽职的母亲般提醒他们拉近距离。

她不经意地对扁理聊起女儿。某天，绢子被同学邀请去本乡的旧书店，在店里翻开一本拉斐尔①的画集，意外看见扉页上盖着九鬼的藏书印。于是，绢子很想买下来。

扁理突然打断了她。

"那本画集大概是我卖掉的。"

夫人惊讶地抬头看着他。他露出一如既往的天真微笑，补充

---

① 拉斐尔（1483—1520）：拉斐尔·桑西，意大利著名画家，文艺复兴"美术三杰"之一，创作过大量圣母像。《神圣家族》是他创作的木板油画。

道："那是九鬼先生很早之前买的。他去世前的四五天，实在没办法，我就卖掉了。现在很后悔……"

扁理说不清为何要在这位富有的夫人面前展露自己的贫穷。不过，他莫名中意这样的展露。他格外满意地看着夫人因为他那意料之外的率直发言大吃一惊的模样。

不觉间，扁理也为自己孩童般的率直感到诧异。

* * *

此前只能在梦中一见的细木家，化作现实突如其来地闯入了扁理的生活。

扁理把它同九鬼的回忆一道，漫不经心地收进了报纸、杂志、领带、蔷薇、烟斗等杂物里。

他丝毫不在意这种混乱。他甚至发现这是与他自身最为相符的生活样式。

某天晚上，在他的梦里，九鬼交给他一册大大的画集，指着其中一幅画问："知道这幅画吗？"

"是拉斐尔的《神圣家族》吧。"

他不好意思地回答。这本画集似乎是之前自己卖掉的。

"你再好好看看。"九鬼说。

于是他重新看向那幅画，发现笔触与拉斐尔的相似，可画中圣母的脸像是细木夫人，圣子仿佛是绢子，他感觉奇怪，准备再仔细看一下别的天使。九鬼讽刺地笑着说："明白了吗？"

扁理睁开眼睛，看到乱糟糟的枕头边躺着一只漂亮的信封，他对它并不陌生。

哎，好像还在做梦……他一边想着，一边急急拆开信封，信纸上的文字再清晰不过。"请把拉斐尔的画集买回来。"随信附有一张汇票。

他躺在被子里重新闭上眼睛。他对自己说，我还在做梦。

那天午后，扁理抱着那本拉斐尔的大画集造访细木家。

"啊，你特意带来的吗？暂时放在你那儿也无所谓的。"

夫人一边客套一边立即接过画集，坐在藤椅上，安静地一页一页翻着。突然，她动作粗暴地把画集举到脸前，像是在嗅着画集的气味。

"好像有烟草的味道。"

扁理吃惊地看着夫人，猛然记起九鬼非常喜欢抽烟，然后察觉夫人的脸色变得十分苍白，让人不寒而栗。

她这个样子怎么有种罪人的感觉？扁理心想。

这时，绢子站在庭园中对他说："不来庭园看看吗？"

他觉得此时留夫人独处大约更合她心意，便跟着绢子来到寂静的庭园。

扁理越是跟着自己往庭园深处走，少女越是感到步履艰难。她没意识到原因出在自己背后的扁理身上。她找到一个唯有少女才会想出的单纯理由，回过头对扁理说："这附近长着野蔷薇，踩着就危险了。"

眼下还不到野蔷薇盛开的季节。扁理从四周的叶片根本分辨不出哪些是野蔷薇，不知不觉也迈起了笨拙的步子。

绢子毫无自觉，她在第一次见到扁理时已经春心初漾——不过"在第一次见到扁理时"这个说法不大准确，或许应该说"从九鬼死后开始"。

那时她已经十七岁，仍旧习惯活在死去父亲的影响下。她从未想过拥有母亲那种钻石般的美丽，仅仅让自己变成注视她，然后爱恋她的一方。

九鬼的死让母亲格外悲伤，一开始，她只是感到出乎意料，但不知何时起，母亲持有的那份女人独有的感情唤醒了沉睡在她体内的某个成分。那时开始，她拥有了一个秘密。不过，她并不打算了解它。并且从那以后，她无意识地倾向于通过母亲的眼睛观察事物。

于是，她不觉间通过母亲的眼睛凝视着扁理。正确来说，是母亲注视着的、存在于他体内的九鬼的另一面。

可她自己对这一切几乎毫无所察。

不久，扁理再次来到她家，母亲刚好不在。

扁理显出略微困窘的神色，却没有拒绝绢子的邀请，坐进了客厅。

不巧的是那天下雨，两人不能像上次那样去庭园里。

两人相对无言，想象着对方是否感觉有些无聊，最后自己也真的感觉无聊起来。

很长一段时间，两人都置身于这种奇怪又令人窒息的沉默中。

可两人并未察觉屋内光线早已变暗。然后，扁理如梦初醒，惊觉天色已经这样黑，径自回家了。

他离开后，绢子感觉有点头痛。她把这归咎于和扁理一起度过的无聊时间。可事实上，那不过是在蔷薇旁边待久了都会引发的头痛。

* * *

这种最初的爱的征兆，不只绢子，扁理也遇到过。

多亏他那混乱的生活方式，扁理误把它当作某种倦怠，并归咎于她们的坚强和自己的软弱之间的差异。接着他想起"钻石会伤害玻璃"的原理，趁自己尚未像九鬼那样被伤害，还是尽早疏远她们为好。他用他独特的说话方式告诉自己——让自己接近她

121

们的九鬼的死亡，这次反而成为让自己远离她们的东西。

扁理用这种惊人的简单的想法，一边让自己远离她们，一边再次缩回他那间混乱不堪的屋子，打算一个人活下去。于是这次，从这间彻底封闭的屋子里，诞生出了真正的倦怠感。可扁理把真假倦怠混为一谈，只是静静等待一个把自己从这种状态中拯救出去的信号。

一个信号。这回是他的某位迷恋俱乐部舞女们的朋友发来的。

某天晚上，扁理和朋友们站在散发着厨房气味的俱乐部后台走廊里等着舞女们。

他很快认识了一名舞女。

那舞女身材娇小，并不多么美。因为一天跳了十多次舞，她很累。不过她那种自暴自弃和开朗抓住了扁理的心。为了得到舞女的好感，他尽量让自己也显得开朗。

然而，舞女的开朗不过是她不怀好意的技巧。其实她和他一样胆小。她的胆小类似于"不想让自己被人欺负，于是主动欺负别人"。

为了夺取扁理的心，她和别的所有男人胡闹。为了不让他离开自己，她一边和他定下约定，一边让他徒劳等待。

有一次，扁理想把手搭在舞女的肩上，她迅速缩回肩膀，看着他羞红的脸，相信自己正一点点占领他的心。

这样一对胆小软弱的恋人，是如何顺利维持这段关系的？

某天，他在公园喷水池边等待舞女。她迟迟没来。他早已习惯，并不感觉多么痛苦。在此期间，他忽然想起另一个少女——和舞女完全不同的绢子。如果现在自己等待的不是舞女，而是绢子，情况又是如何？他很快意识到这是一个愚蠢的幻想，并把责任归咎于自己，他是为了逃离舞女带给他的苦痛等待才这么做的。

那埋身在扁理混乱生活中不断成长的纯洁之爱，就这样清晰地露出脸来，可它尚未引起他的注意，便已再度沉落。

察觉扁理疏远她们时，最初绢子是松了一口气并冷眼旁观的，然而当他的疏远超过某个限度，便反过来给予她痛苦。不过要让她承认那些痛苦来自对扁理的爱，少女的心并不允许，因为它太过坚硬。

细木夫人认为扁理远离她们都是自己的错，是她没给扁理造访的机会。而她每次看到扁理，痛苦多过快乐。时间就这样把九鬼的死带得越发遥远，而她只希望获得某种平静。因此，她眼睁睁看着扁理日渐远离，并不阻止。

某天清晨，母女俩在公园里开车兜风。

她们几乎同时发现，喷水池边，扁理和一个身材娇小的女子一块儿散步。她穿着黄黑格纹外套，似乎笑得很快活。扁理走在她身边，像是垂头深思的模样。

"啊！"绢子坐在车里，声音低低地说。

她觉得母亲或许并未注意到扁理他们，于是也假装没注意。

"眼睛里好像进灰尘了……"

夫人也暗自期待绢子没有看见扁理和舞女，相信灰尘可能真的跑进了绢子的眼睛，所以她什么都没看见。

"真是吓我一跳……"

夫人用这话掩饰自己苍白的脸。

＊ ＊ ＊

沉默尾随而至，持续了很久。

从那天开始，绢子经常独自上街散步，认为是运动不足导致心情郁闷。她希望离开母亲一个人待着，希望走着走着说不定就遇见扁理，可她一点也不肯承认这些想法。

她在想象中不断修正扁理和那位看似是他恋人的女子，像个蹩脚的摄影师。照片里，那位小个子舞女被设定成如她一般出身上流社会的美丽大小姐。

在他们面前她品尝到一种莫可名状的苦涩，可她未曾注意到这是为扁理而生的嫉妒。因为即使看到别的年长情侣，也会产生同样的苦涩，所以她相信这种情绪不分敌我，针对世间任何一对普通恋人——事实上，她看到任何一对恋人都会禁不住想起扁理和他的舞女。

她走在街上，注视着商店橱窗里映出的自己。然后她把这个形象与刚刚擦肩而过的一对恋人两相比较。有时候玻璃窗中少女的脸呈现微妙的扭曲，她觉得那是劣质玻璃的错。

有一天，她散完步回家，在玄关看到了记忆中的男式帽子和皮鞋。

她想不起它们属于谁，于是有些不安。

"会是谁呢？"

她一边想着一边走近客厅，从那里传来像是坏掉吉他发出的声音。

是那个名叫斯波的男人的声音。

斯波——"那家伙和壁花没什么两样。你看，不是经常有这样的人吗？因为不会跳舞，在舞会上只好一直贴墙站着，用英文形容就是Wall Flower。斯波的人生完全处于那样的境地呢。"想起扁理曾几何时对自己说过的话，她的思绪忽然开始绕着他转……

她进了客厅，斯波急忙止住话头。

很快，他再次用像坏掉吉他发出的声音对她说："刚才正在说扁理的坏话呢。那家伙最近完全联系不上，还和莫名其妙的舞女搅在一块儿。"

"啊，是吗？"

绢子听着微微一笑，似乎很开朗。她边笑边感到实在很久没像这样笑过了。

要让沉睡的蔷薇盛放，只需一句话就够了。这是舞女说的。原来和扁理在一块儿的是这样的人啊，她想。我竟只顾着以为她是与我相同身份的人，因为只有这个身份配得上他。是了，扁理一定是不爱她的，说不定他爱的果真是我。可他以为我不爱他，于是打算疏远我，为了掩饰自己，还和那种舞女在一起。那样的人怎么配得上他……

这些理论带着少女的傲慢，而大多数情况下，少女都不会把自己的感情计算其中，绢子也一样。

* * *

绢子不停等待着。有时明明没有响铃，她却觉得听到门铃声，于是走去玄关，甚至想过是不是门铃出了问题，所以从来不响。

"难道我在等扁理？"她脑子里忽然闪过这个念头，可它旋即从她滴水不漏的心上滑了过去。

某天晚上，门铃响了——来访者是扁理，绢子知道，但并未轻易步出她的房间。

终于她来到客厅。扁理似乎没戴帽子就来了，头发乱蓬蓬的，脸色发青，很快朝她瞥了一眼。之后再没分给她一束视线。

细木夫人坐在扁理面前，从端着的葡萄碟里拈起一颗小小的果实，仔细喂进口中。这会儿，衣着不整的扁理让她想起九鬼遗体告别式那天在途中邂逅他的场景，也不可避免地想起与此相关的许多事。她努力从这些事情里撤走她的心，索性把注意力放在拈葡萄的动作上。

突然，扁理说："我，打算出去旅行一阵。"

"去哪里？"夫人从葡萄碟里抬起眼睛。

"还没完全决定……"

"要走很久吗？"

"嗯，大概一年……"

夫人忽然怀疑他是和那位舞女一块儿出发。

"不觉得寂寞吗？"她问。

"不清楚……"

扁理只给出一个不甚在意的回答。

此间绢子始终沉默地凝视着他，热切得像在为他作一幅肖像画。

她的母亲从扁理蓬乱的头发、松垮的领带以及不佳的脸色中察觉到舞女带给他的影响，而绢子从同样的事物里只感受到青年为她遭受的痛苦。

扁理回去后，绢子走进自己的房间，不由得闭上眼。刚才她过分专注地盯着扁理的赤红条纹领带，这会儿眼睛很痛。在她紧闭的眼睛里，一些形如赤红条纹的东西还在没完没了地闪烁着……

* * *

扁理出发了。

都会正离他远去，变得越来越小，他随即想起出发前见到的那张脸，只有它在逐渐放大。

一张少女的脸。宛如拉斐尔笔下的天使一样圣洁。比实物大上十倍的神秘容颜。现在，唯独它从全部事物中孤立出来，慢慢膨胀，几乎覆盖住他眼中别的一切。

"我真正爱的是这个人吗？"

扁理闭上眼睛。

"……然而，都无所谓了……"

他是这样倦怠、受伤、绝望。

扁理——这个混乱的牺牲者，到此时依旧没能看清自己的本心。他不假思索，为了远离真正的爱人，打算和别的女子生活，结果因为那个女子，他把自己陷入手足无措、困倦无力的境地。

现在他要抵达何处？

去往何处？

当列车停靠在某个车站时，他突然慌张地跳下车。

他来到一个海边小镇，小镇的名字让他想起某种药品。

这位悲伤的旅行者，连一件行李都没带，出了车站，很快漫无目的地朝陌生小镇走去。

走着走着，他忽然感到有些怪异……行人的脸孔、被风烦躁吹起的传单、墙上令人不快的涂鸦、被电线钩住的纸屑似的东西——一切事物都在逼他想起某些不吉利的回忆。扁理走进一家小饭店，然后走进一间陌生客房。它和所有饭店的房间一样。可是就连它也在催他想起什么，他感到苦闷。他很累，想睡一觉，于是他把全部情绪归咎于倦怠和睡意。他小睡了片刻……睁开眼睛时，天色已暗。窗口吹进潮湿的风，告诉扁理自己正置身于一座陌生小镇。他从床上爬起来，再度走出饭店。

他走回刚才经过的那条路。那会儿起就潜伏在体内的疑惑感觉，此时分毫未少，他像狗一样追上了它们。

突然，某个想法让扁理似乎理解了一切。从刚才开始让自己苦闷不已的，不就是死亡的暗号吗？行人的脸孔、传单、涂鸦、纸屑似的东西，那些都是死亡为他记录的暗号。无论走到哪里，这座小镇都萦绕着死亡的印记。那是随他而行的九鬼的影子。然后他避无可避地想到，几年前九鬼也曾来过这座小镇，不为人知地走在路上，和此时的自己一样，品尝着相似的苦痛。

然后扁理终于明白了，死去的九鬼就活在自己体内，现在仍然强有力地支配着他，而自己没有察觉这一点，是因为此前生活混乱。

如今一切都离他远去，唯有死亡存活体内，似远又近。在陌生小镇里漫无目的地行走，这让扁理感到难以言喻的轻快，好像某种休息。

——走着走着，扁理发现自己愚蠢地呆立在某片光线暗淡的海边，周遭有很多气味浓烈的漂流物。脚下散布的贝壳、海草和死鱼，让他想起自己混乱的生活。漂流物里混着一条小狗的尸体。扁理目不转睛地盯着它随波逐流，时而被恶意的海浪用白牙啃噬，时而翻一个转漂来漂去。他渐渐感到自己的心跳强劲有力。

* * *

扁理出发后，绢子就病了。

有一天，她终于开始承认对扁理的爱。她躺在床上，脸色像床单一样白，反反复复思考一些事。

——当时我为什么要那样做？为什么要在他面前摆出满怀恶意的表情？那一定让他感到痛苦，不得不从我们身边远离。而且他一直在意自己的贫穷（这个想法让少女红了脸），或许不想被我母亲视作一个别有所图的诱惑者。那个人真的很怕我母亲。逼那人离开，这事儿母亲也有责任，不全是我的错。说不定一切都是母亲的错……

这些毫无逻辑的自言自语，让姑娘脸上浮现出和十七岁少女不相称的苦涩表情，着实是她不肯对自己认输，她却误以为是不肯对母亲认输。

"可以进来吗？"

屋外响起母亲的声音。

"好的。"

绢子看着母亲走进房间，忽然扭过头，把暴躁的脸转向墙壁。细木夫人以为她只是为了藏起眼泪。

"河野寄来了明信片。"夫人有些畏惧地说。

这话让绢子把脸转向了夫人。这回轮到夫人别开自己的脸。

——最近，细木夫人已完全丧失了活力。她总觉得女儿在离自己远去，有时感到她像个陌生少女，比如现在……

131

绢子读着明信片背面扁理神经质地用铅笔写下的字迹，明信片上绘着大海。他似乎很喜欢那片海岸，打算逗留一阵子。除了这张明信片，他没有寄来别的东西。

绢子抬起头，把她暴躁的脸转向夫人，冷不防问道："河野会死吧？"

细木夫人瞬间吃了一惊，这个狠狠盯着自己的陌生少女拥有这样可怕的眼神。突然，少女的眼神让夫人想起自己，在少女这般大的年纪，自己也曾无法控制地对所爱之人流露出令他害怕的眼神。于是，夫人这才感觉，这名陌生少女和那时的自己格外相像，她就是自己的女儿。夫人轻轻叹了口气，女儿正爱着一个人。就像从前自己爱着那人一样。而且女儿所爱的人一定就是扁理。

细木夫人感到那些长久以来沉睡体内的属于女人的感情再度复苏。一如九鬼死后，她痛苦的模样唤起了潜伏在绢子体内的女人的感情，而这次刚好相反，这次之事带来某种新鲜感，让夫人相信自己和绢子一样爱着扁理。

——两人一时沉默不语。这种沉默似乎直接肯定了刚才从绢子嘴里冒出的可怕的话，细木夫人终于取回了身为母亲的义务。

于是，她自信地浮起一抹微笑，回答女儿："……不会发生那样的事呢。也许九鬼先生真的有跟着他，正因如此，他反倒会被对方拯救，不是吗？"

初次见到河野扁理时，夫人就看穿了他体内纬线般交织缠绕的九鬼之死。这让他成为一个正视死而领悟生的不幸青年。此时，一种敏锐的直觉从她体内复苏，让她知道，为了让绢子理解扁理的不幸，刚才那番简单的反驳已经足够。

"是这样吗？"

绢子一边回答，一边抬头看向母亲的脸，起初表情里仍旧藏着些许苦痛。少女静静凝视着母亲古典神圣的容颜，眼神逐渐有了变化，就像古画中仰望着圣母的幼儿一般。

鲁本斯的伪画

她笑的时候，那笑意只轻轻浮在脸上。他总是
在心里悄悄称她为"鲁本斯的伪画"。

——《鲁本斯的伪画》

那是一辆漆黑的小汽车。

它在轻井泽车站的站口停下，从里面下来一位德国人模样的姑娘。

他觉得那辆车很美，应该不是出租车，可姑娘下车时，似乎飞快地递给了司机什么东西。他同那个戴着黄色帽子的姑娘擦肩而过，朝那辆小汽车走去。

"去镇上。"

他上了车。上车后他发现车内一片雪白，隐约飘浮着蔷薇的香气。他脑海里浮现起刚才漫不经心地同自己擦肩而过的戴着黄色帽子的姑娘。小汽车猛地拐了个弯。

他忽然起了好奇心，环视车内。于是他发现，在轻轻摇晃的车厢地板上，遗留着一团新鲜的似乎被随意吐下的唾液痕迹。

突如其来地，他感觉身体里掠过一种微妙的粗暴快意。他闭上眼睛，觉得那口唾液看起来像一片被肆意扯下的花瓣。

过了一会儿，他再次睁开眼睛。这时能够看见司机的背影。他把脸转向透明的玻璃窗，窗外原野上长着芒草，已经抽出穗子。刚好一辆小汽车从眼前飞驰过去。车上的人似乎是要离开这座高原。

在小镇入口处，他看见路边有棵高大的栗子树。

他让司机在那里停车。

* * *

小汽车只载着他的行李，驶去了稍稍远离小镇的饭店。

他目送小汽车卷起的尘埃一点点消失。他简直以为自己看花了眼睛，因为每年他只在避暑时来到这里。

可他立刻发现了那个似曾相识的邮局。

邮局前聚集着一群西洋妇人，她们的衣裳五彩斑斓。

他一边走着，一边远远地朝她们望去，那里绚烂缤纷，宛如一道彩虹。

眼前的情景唤醒了潜伏在他体内的关于去年的种种回忆。随后他清晰地听到她们的谈话声。经过她们身边时，他觉得像是从一棵小鸟啁啾的树下通过，这让他内心有点感动。

这时，他不经意地看过去，对面转角处正拐过一个少女。他认出了她。

哎，是她吗？

这样想着，他一口气走到转角。那儿有一条小径，通往被西洋人称为"巨人的椅子"的山丘，刚才的少女正行走在那条小径上。她没有他以为的走得那么远。

果真是她。

他也拐去了那条与饭店方向相反的小径。小径上只有她一个人。他本想跟她打声招呼，不知为什么开始犹豫。他的心情忽然变得有些奇怪。他感到空气里的所有东西都漂在了水中，步履维艰，像是不小心踩在鱼的身上，那些小鱼迅速擦过他贝壳般的耳朵，也有自行车般的声响，还有犬吠鸡鸣等的声音，它们听上去好似从遥远的水面传来。他还听到树叶和树叶轻轻碰触的声音、水滴落的声音，那些幽微的声音仿佛无止境地飘在他头上。

他觉得必须要跟她打一声招呼。可他只是这样想着，他觉得自己的嘴像被软木塞堵住了。渐渐地，头上嘈杂的声音变得激烈起来。忽然，他看见了对面那栋记忆中的印度红小木屋。

小木屋周围绿意葱葱，她的背影消失其间……

见此情形，他的意识忽然清醒。他想，跟在她的身后立刻造访她家，这似乎不大合适。没有办法，他只得在那条小径上走来走去。好在小径上并无旁人通过。终于从"巨人的椅子"的山麓方向传来了人的脚步声，听上去越来越近。他不知道自己在想些什么，闪身躲进了小径旁的草丛里。他从这个藏身之处往外看，一个西洋人正迈着大步，快活地从他面前走过去。

她还站在庭园中。她刚才回头的时候，发现他就跟在自己后面。不过她并不打算停下来等他。她觉得那样做有些难为情。他的视线一直远远地留在她的背上，这让她感到有点痒痒的。她想象着树叶的阴影在背上的向阳之处组合成一幅不断变幻的美丽图画。

她站在庭园中等着他。可他一直没有进来。她好像明白他在犹豫什么。几分钟后，她看见他终于走进门来。

他精神愉悦又有些傻气地摘掉帽子。像是被他的动作引诱，她甚至在脸上浮起一个微笑，笑容里带着爱意和戏谑。然后她准备跟他讲话，立刻发现他同那些久病初愈的人一样，对外在事物拥有某种微妙而新鲜的感受。

"你的病都好了吗？"

"嗯，已经没事了。"

他一边回答着，一边凝视她的脸，她看上去闪闪发光。

她的脸具备一种古典美。蔷薇色的肌肤似乎有些凝重。于是她笑的时候，那笑意只轻轻浮在脸上。他总是在心里悄悄称她为"鲁本斯[①]的伪画"。

微眯起眼睛凝视她的时候，他感到着实新鲜，好像一种前所未有的感觉。他目不转睛地看着她的贝齿，目不转睛地看着她的纤腰。在此期间，他一点也不打算告诉她他的病情。他觉得此刻想起这种现实的烦恼毫无意义。相反，他兴致勃勃地对她讲起了那辆靠垫雪白的黑色小汽车，有个戴着黄色帽子的姑娘坐在车里，一切美好得犹如西洋小说里的场景。他愉快地说自己是坐着那辆漂亮的小汽车来的，车上飘荡着姑娘的芬芳。

他没有跟她提起小汽车里残留的唾液，他想还是不要提起比较好。可要是不提，他就觉得那口花瓣一样的唾液带给他的快感，似乎一直奇特又鲜明地残留在他的身体中，这可不妙。此时他看上去有些口吃，他只能略显笨拙地表达自己。她不知如何应付这样的他。没办法，她于是说："不进来坐坐吗？"

"好的。"

可他们其实还想在庭园里再待一会儿。可要是不进去，刚才的对话就显得有点奇怪。他们终于打算进屋。

就在这时，他们看见了她的母亲。她站在露台从上往下地注

---

① 鲁本斯（1577—1640）：彼得·保罗·鲁本斯，德国画家，巴洛克艺术的代表人物。代表作《阿玛戎之战》《美惠三女神》等。

视他们，像个天使。两人不由得红了脸，抬起头望过去，觉得她是那么耀眼。

＊ ＊ ＊

第二天，她们邀请他去兜风。

小汽车在夏末的寂静高原中飞驰，发出欢快的声音。

三个人坐在车里，几乎没人开口讲话。然而，三个人都从风景的变幻中感受到同样的愉悦，那是让人愉悦的沉默。时而有些微的声响打破这种沉默，可它们很快被吸进了刚才那片深邃的沉默里，于是可以理解为谁也没有讲话。

"啊，那片小小的云……（顺着夫人手指的方向远远看去，一朵贝壳般的云朵正浮在赤红色的屋顶上）它很可爱，不是吗？"

那之后，直到抵达浅间山山麓的格林饭店，他一直来回望着夫人纤细的手指和少女松软的手指。沉默允许他这样做。

饭店里空无一人。服务生说，客人都退房离开了，今天正打算关门。

他们走去露台。周遭的风景让人感到季节逝去后的萧索。只有浅间山的山麓泛着光泽，流畅地描出一个斜坡。

露台下是平坦的屋顶，跨过低矮的栏杆，似乎立刻就能去到屋顶上。她看着那些平坦的屋顶和低矮的栏杆，说："真想去那上面走走啊。"

夫人对她说："那就和他一块儿下去吧。"听到这话，他若无其事地走去了屋顶。她也一边笑着一边跟在他后面。两人走去屋顶那端的时候，他感到略微地不安。那好像不仅仅是屋顶稍许的倾斜带来的微妙不安。

在屋顶那端，他忽然瞥见她的手和那上面的戒指。然后他想象着她或许会装作就要滑倒的样子用力抓住他的手，她的戒指弄痛了他的手指。于是他变得有些不安，这才使他敏锐地感觉屋顶稍许的倾斜。

"我们回去吧。"她这样说的时候，他不由得松了口气。她撇下他，一个人走回露台。他跟在她身后刚要走上去，听到夫人正同她讲话。

"看到了什么？"

"嗯，我们的司机在下面荡秋千呢。"

"就是这样吗？"

耳边传来盘子和汤勺的碰撞声。他有些不好意思地走上露台。

"就是这样吗？"夫人的这句话，在他喝茶的时候，在他坐上小汽车回去的时候，频频浮现在脑海。那声音里好像包含着夫人天真无邪的笑意，好像飘着某种轻柔烂漫的嘲讽，又好像，什么也没有……

＊ ＊ ＊

第二天，他到她们家拜访的时候，发现两人被邀请去别家做客喝茶，家里谁也不在。

他打算独自去爬"巨人的椅子"。可是很快，他又觉得那没什么意思。他回到镇里，漫无目的地在本町路上散步。突然他察觉，走在他前面的是一位似曾相识的大小姐。那是每年都会来这个避暑地的某位有名男爵的女儿。

去年，他也时常在山道上或是森林中遇见这位骑马的大小姐。那时候，她身边总是围绕着五六个混血青年，他们一块儿骑马骑自行车。

他觉得这位大小姐美得像是一只刺青的蝴蝶，可也仅此而已。他自然没有对这位大小姐太过上心，他只是对围在大小姐身边的这群混血儿有些不满。那或许是一种轻微的嫉妒，也可以说是他对大小姐持有的几分关心。

他若无其事地跟在大小姐身后走着，这时对面陆陆续续地走来几个人，忽然他认出了里面的一个青年。去年夏天，这个混血青年好像一直陪着她去打网球或是跳舞。见此情形，他飞快地皱了一下脸，想要尽快离开，这时却看见了出乎意料的一幕。那位大小姐和青年装作互不相识的样子，就那么擦身而过。只是在擦身而过的瞬间，青年的脸有些扭曲，好像透过劣质玻璃看去的那种。然后青年悄悄回头，看了一眼大小姐的方向，表情里浮起显而易见的苦涩。

这个小插曲带给他奇妙的感受，他忽然觉得那位坏心眼的大小姐身上有种异样的魅力。当然，他对那个混血青年没有丝毫同情。

那天晚间，他躺在床上，那位大小姐的身姿纠缠不休地在他紧闭的眼睛里出现又消失，像一只夜蛾无数次飞去同一个位置。为了挥退那抹影子，他尽力去想那幅"鲁本斯的伪画"。然而相比前者，那幅画宛若变色的古旧复制品。这一认知让他越发痛苦。

* * *

不过到了第二天清晨，那抹拥有不可思议魅力的夜蛾般的身姿，已不知消失在何处。他莫名地感到一阵神清气爽。

他在午前散了一个长长的步。之后拐进一座山间小木屋，在那里一边休息一边喝着冷冻牛奶。他觉得在这样爽朗的心情之

145

下，甚至可以无所顾忌地跟夫人她们讲一讲昨天目睹的那段小插曲了。

那时，他正在离小镇稍远的落叶松林里。

他支着下巴坐在木桌边上，头顶的一只鹦鹉正在学人说话。

可他一点也没有去听那只鹦鹉说了什么。他在脑海中热切地描绘着那幅"鲁本斯的伪画"。不知何时，画里带上了些许明艳生动的色彩，这让他的心情无比愉快。

就在那个瞬间，他听见小径上传来两台自行车的声音，车子似乎停在小木屋门口。树枝掩映下，从他的位置完全看不见。他看不见对方的身影，只听到年轻姑娘特有的透明嗓音响了起来。

"不喝点什么吗？"

这个声音让他吃了一惊。

"还要喝吗？这已经是第三次了。"回答她的是一个年轻男人的声音。

他有些不安地注视着走进小屋来的两人。让他意外的是，对方是昨天在本町路遇见的那位大小姐。她身边跟着一个他从未见过的优雅青年。

那个青年迅速瞥了他一眼，正要在离他最远的一张桌子边坐下，这时大小姐说："坐在鹦鹉旁边更好呀。"

然后两人在紧挨着他的一张桌子边坐下来。

大小姐背对他坐着，不知道为什么，他总觉得她是故意的。鹦鹉开始越发聒噪地学人说话。她有时会抬头去看鹦鹉，所以背脊也随着她的动作轻轻晃动。每到这时，他都会把视线从她的背脊上移开。

　　大小姐不停地说着，有时是和那个青年，有时是去逗鹦鹉。她的声音听上去和那位被他称作"鲁本斯的伪画"的姑娘的声音一模一样。刚才他听到大小姐的声音吃了一惊，大约是因为这个。

　　大小姐身边的这位青年不仅相貌出众，而且浑身上下的高贵气质都和去年那个混血青年完全不同。他的言行举止带着温文尔雅的贵族格调。两相对照之下，他感到自己像是在读屠格涅夫[①]的小说。也许到了这时候，大小姐终于明白她的处境……他兀自飘飘然地想象着，然后心里变得有些不安，好像一不小心就要被拽进那部小说中。

　　他犹豫了一会儿，不知是该继续在这里坐一坐，还是走出去。鹦鹉仍旧在学人说话。然而无论听多久，他都完全不明白它说了什么。他觉得那或许是对堆积在他心底的混乱的一种暗示。

---

　　① 屠格涅夫（1818—1883）：伊凡·谢尔盖耶维奇·屠格涅夫，俄国批判现实主义作家。代表作《猎人笔记》《父与子》《罗亭》等。

他忽然站起身，有些笨拙地走出小木屋。

来到小木屋外，他看见那两台自行车的车把好像挽在一起的手臂，正以一种奇妙的姿势倒在草地上。

这时，他身后传来大小姐高亢的笑声。

他听着那笑声，感到从自己身体中突然涌上某种像是糟糕的音乐一般的东西。

糟糕的音乐。的确是这样。一定是那位负责守护他的天使脑袋不大灵光，有时还会用吉他弹出一串跑调的音符。

他总是对自己那位守护天使不大灵光的脑袋闭口不提。因为他的天使从未分给他一副好牌。

某天晚上。

他从她的家走回饭店，途中经过那条光线昏暗的小径，他的心里全是莫名其妙的空虚之感，他不知如何打发掉它。

这时，他看见从前方的昏暗里走来一群西洋人。

一个男人打开手电筒照着脚下的路。有时手电筒的光亮会扫过那个女人的脸。于是在这些闪烁不止的小小光圈中，浮现出一个年轻姑娘的脸，她的脸也正发着光。

他为了看清楚她的脸，不得不仰起头，因为她的个子比他高出许多。从这个角度看去，那年轻姑娘的脸越发圣洁了。

一瞬过后，男人再度把手电筒对准光线昏暗的脚下。

他和他们擦肩而过，发现他们挽在一起的手臂形同一个大写字母。然后，只有他被独自留在这团昏暗中。他莫名地感到一阵令人不快的亢奋。他甚至想死。

那种心情和听到糟糕音乐之后的感受非常相似。

为了甩掉这种音乐性的奇妙亢奋，那天清晨，他也在小径上胡乱地走来走去。之后他发现，自己走去了一条从未到过的小径。

他从未到过这附近。他想自己大约离小镇已经很远了。

他忽然觉得有人在唤自己的名字，环顾四周，没看到一个人影。他感到很奇怪，这时又有人唤他。这一回他听得很清楚，便朝音源处转过头去。离他所在的小径约莫三尺高的地方有片草丛，草丛对面，一个男子站在那儿，面向一张画布。看到男子的脸，他认出那是他的一个朋友。

他好不容易爬了上去，走到朋友身边。可他的朋友似乎不打算再跟他说话，依旧热心地对着画布。他觉得不跟他讲话比较好。于是坐在一边默默地看着那幅刚画了几笔的画。他不时在周遭的风景中搜寻画的主题，却无论如何也找不出那样一片风景。画布上只是堆积着各种形状莫辨的色块，有的像鱼，有的像鸟，有的像花。

他直直地盯着那张奇妙的画，好一会儿终于轻轻站起身。朋友看着他的动作，说："算了，这画就这样吧。我今天要回东京去了。"

"今天回去？可你这幅画不是还没画完吗？"

"是没画完哟。不过我必须回去了。"

"为什么？"

朋友没有回答，再度把视线落到那幅画上。他一动不动地看了一会儿，好像眼睛都被吸进了画里。

* * *

他一个人先回了饭店，在餐厅里等待刚才和自己约好的那位朋友前来共进午餐。

他从餐厅的窗户间探出脑袋，出神地望着庭院里盛开的向日葵。它们长得比西洋人还高。

饭店背后的网球场上传来球拍活泼愉快的声音，像是打开香槟木塞时发出的那种声响。

他突然站起身。又重新在窗户边的桌子前坐下，然后拿起一支笔。可这会儿桌上没有一张像样的纸，他拿过一旁准备好的大张吸水纸，歪歪扭扭地在上面写了几个字，字迹很快晕染开来。

　　饭店是一只鹦鹉

从鹦鹉的耳朵里

朱丽叶探出头来

可是罗密欧并不在

罗密欧大概在打网球

当鹦鹉开始讲话

黑人便无所遁形

　　他正要从头到尾再读一遍这首诗，墨水却完全晕染开，一点也看不明白上面写了什么。

　　朋友终于来了，比约定的时间稍晚。他察觉朋友不经意间瞥到了那张纸，于是把纸翻过来，字迹朝下。

　　"不用藏起来也没关系吧？"

　　"没有什么啊。"

　　"我可是知道的哟。"

　　"知道什么？"

　　"前天我可是恰好看到呢。"

　　"前天？什么啊，你看到了啊。"

　　"所以今天你请客哦。"

　　"那个啊，不是你想的那么回事。"

　　那天他只是陪她们坐车去了浅间山的山麓。"就是那样吗？"——他再次想起那会儿夫人说的这句话，不由得红了脸。

然后他们走进食堂。借此机会，他转移了话题。

"话说那幅画你打算怎么办？"

"我的画？那幅画就那样了吧。"

"不觉得可惜吗？"

"我好像画不出来了。这里的风景倒是不错，可很难画下来，真是伤脑筋。去年我也来这里画画，可一张都没画出来。空气太清新了。不管隔得多远，树上的叶子一片一片看得清清楚楚。那样反而一幅也画不出来。"

"哎，是那样吗……"

他正用勺子舀汤喝，禁不住顿住手头的动作，思考起自己的事情来。或许有时候，自己和她的关系止步不前，也是因为这里的空气太过清新，无论怎样委婉的小心思，都会被对方看透。他甚至就要相信这个理由了。

然后他想，再过几天，自己是不是会像这个带着刚画了几笔的风景画回去东京的朋友一样，带上他那幅刚画了几笔的"鲁本斯的伪画"离开这里，除此之外什么也不能做呢？

午后，他陪朋友出了小镇，目送他离开后，一个人前去她家拜访。

她和夫人刚好在喝茶。看见他，夫人像是突然想了起来，对她说："把那张拍着婴儿车的照片给他看看吧？"

她一边笑着一边走进里屋取照片。在此期间，他似乎看到了她幼时照片上古旧泛黄的色泽，它们在他的眼睛里一点点堆积起来。她从里屋再度回来，递给他两张照片。可那只是两张新拍的照片，鲜亮得刺眼。好像是今年夏天在这别墅的庭园里，她坐在藤椅上照的。

　　"哪张拍得好些？"她问他。

　　他被忽然这么一问，有些慌张，近视眼般微微眯着眼睛，仔细比较两张照片，然后随意指着其中一张。他的指尖刚好轻轻触到照片上姑娘的脸颊。他觉得自己触到的像是蔷薇花瓣。

　　于是，夫人拿起另一张照片说："不过，这张照片不是拍得比较像她吗？"

　　听完夫人的话，他又感觉的确是这张照片更接近现实中的她。而自己指着的这张与他想象中的她——那幅"鲁本斯的伪画"简直一模一样。

　　过了一会儿，他才想起来，还没有看到她的幼时照片，那抹古旧泛黄的影子已经消失不见了。

　　"刚才说的婴儿车是哪张？"

　　"婴儿车？"

　　夫人露出疑惑的神情。不过那神情转瞬即逝，变成和往常无异的、轻柔烂漫中飘着稍许嘲讽的独特微笑。

　　"就是那把藤椅呢。"

接下来，柔和宁静的空气一如平日，笼罩了这个午后的全部时间。

难道这就是他长久以来苦苦等待的幸福时光？

在离开她们的日子里，他迫不及待地期待与她们重逢。为此，他擅自构思出他的"鲁本斯的伪画"。这一次，他很想知道那幅内心的肖像画是否和真正的她格外相似。这个愿望加深了他对她们的思念。

然而现在，他就在她们面前，仅仅只是这个瞬间，给他带来无限满足，然后也是在这个瞬间，他不知不觉就把深究那幅内心的肖像画和她本人到底是像还是不像的初衷忘得一干二净。因为，眼下自己正在她们面前，为了真切感受到这一点，此间所有无关的事物——包括"那幅内心的肖像画是否和真正的她格外相似"这个从前日起诞生的命题，就这样全然地被他牺牲掉了。

不过就算毫不在意，他也清楚地知道，自己面前的少女和肖像画上的那名少女是截然不同的两个存在。或许因为他那张画了几笔的"鲁本斯的伪画"的女主人公所拥有的蔷薇色皮肤，正是眼前的少女所欠缺的。

两张照片的小插曲让他多少想明白了这桩事。

夕暮降临，他一个人走在通往饭店的昏暗小径上。

　　这时，他感觉小径两旁的树林里，有什么东西爬上了高大的栗子树，正在不停地摇晃着树枝。

　　他有些不安地想起了自己那个脑袋不大灵光的守护天使，抬起头一瞧，一只灰色的小动物正从那棵树上猛然蹿下来。那是一只松鼠。

　　"真是一只笨松鼠。"

　　他不由得喃喃自语，目不转睛地注视着那只夹着尾巴仓皇逃出昏暗树林的松鼠，直到它完全消失在视界之中。

麦蒿帽子

那份痛苦带给我无与伦比的魅力。我心甘情愿地

放弃了你。

——《麦蒿帽子》

那时我十五岁。而你十三岁。

　　我常常和你的哥哥们在开满白色苜蓿花的原野上练习棒球。你和小弟弟远远地看着我们。你摘了些白色苜蓿花做花环。对面打出一记高球，我拼命奔跑。棒球手套刚触到球，我脚下一滑，整个人从原野滚落到稻田里。我成了一只沟鼠。

　　我被带去附近农家的井边，在那边脱掉衣服，大声叫你的名字。你小心翼翼地两手捧着花环朝我飞奔过来。因为赤身裸体，我觉得眼中的一切都变了。从前一直认为你只是个小丫头，现在却突然变成一名亭亭玉立的姑娘出现在我面前。我窘得不知所措，终于找到我的手套遮住身体的某个部位。

　　我和你有些难为情地留在那里，只有我们两个。大家都离开去练棒球了。接着，你帮我清洗那条满是泥泞的裤子，为了掩饰窘迫，我故意耍宝，摘掉帽子，把替你拿着的花环戴在头上让你看。然后，整个人如同古代雕像般站在原地一动不动。我的脸红透了……

* * *

暑假来了。

今年春天住进宿舍的年轻学生，宛如熊蜂离巢，咋咋呼呼地跑出宿舍，冲着一朵朵野蔷薇虎视眈眈……

可我怎么办？我出生在都会繁华的市中心，没有一个可供"离巢"的乡下。而且我是独生子，胆子很小，绝不敢离开父母独自旅行。不过这回情况有些不同，我考入的学校位次比从前的高，这个暑假，我的作业就是去乡下邂逅一名少女。

可我一个人没法去到乡下，于是我留在都会繁华的市中心，等待一个奇迹的发生。我的等待没有白费。你的哥哥出乎意料地给我寄来一封信，邀我去C县某片海边一块儿度过整个夏天。

我那令人怀念的青梅竹马！我开始检索自己的记忆。首先浮现在脑海的是你的两个哥哥，穿着纯白运动服，比我年长一点点。我们几乎每天一块儿练棒球。某天我掉进了稻田里，站在手捧花环的你身边，被他们脱得一丝不挂。我的脸红透了……不久，他们一起去念地方高中。已经过去三四年了吧。那之后渐渐没有机会和他们玩闹，只是时常与你在街上擦肩而过。我们红着脸适时地跟对方招呼示意，却从不开口交谈。你穿着女校的制服，擦肩而过的瞬间，我听到你的鞋子踩出小小的声响……

我央求双亲允许我的这趟海岸之旅。终于他们松了口，同意我在那边逗留一个星期。我提着沉重无比的篮子，往里面塞满泳衣和棒球手套等东西，欢欣雀跃地出发了。

那是一座叫"T"的小小村落。你们租住在一户远离人烟的独栋农家小屋，屋子周围种满各种花草。我到那里的时候，你们已经去海边了。家里只有两个人，你母亲以及你那位姐姐，我和她并不相熟。

她们告诉了我去海边的路线，我立刻光着脚飞奔而出。我跑在松林里的一条小径上，晒得发烫的沙子仿佛烤热的面包，有着好闻的味道。

海边阳光充足，耀眼得不得了，我几乎什么都看不见。如果不变成某种妖精，就无法进入这些光线。我像盲人一样用手摸索着，小心翼翼地踏入光线之中。

小孩们孜孜不倦地把身体整个儿埋进沙子里。一个半裸的少女隐约闯入我的视线，我想可能是你，禁不住走上前去……于是，我看见对方顶着大大的泳帽，有一张陌生黝黑的小小脸蛋，她迅速朝我瞥了一眼，不认识我似的，把脸全部埋进泳帽里，像刚才一样……这个动作让我的脚没法动弹。

我一边把脚从流沙里拔出来，一边朝大海的方向拼命大喊："你好！"……阳光太刺眼了，我完全看不见，只听到从不远处的海面传来回答的声音："你好！你好！"

我迫不及待地脱掉衣服，穿着泳衣，依然像个盲人，摆好姿势，准备朝音源方向纵身跃入。

那个瞬间，从我脚边传来了一声"你好……"——我转头一看，刚才那个少女从沙子里探出半边身体，微微一笑，这次我总算看清了。

"原来是你啊？"

"你刚才没发现是我吗？"

我的泳衣怎么看都很奇怪，于是我只穿了一条泳裤加入妖精的行列。我觉得浑身都轻松了，此前那些没法看到的东西，忽然清晰地钻进眼睛……

爱上一个人在都会那样困难，可在乡下变得极其简单，这么美好的事还是乡下生活教会我的。如果想要赢得一名少女的好感，那么只需融入她家的生活方式就行。和你的家人一块儿生活并不难，我很容易就知道，你最喜欢的年轻人是你的哥哥们。他们热衷运动。所以，我也尽量让自己变成时常运动的人。他们和你亲密无间，并且会用恶作剧逗你。我学着他们的样，阻挠你玩任何游戏。

你和你的小弟弟在翻涌着浪花的海边嬉闹，为了赢得你的好感，我总是和你的两个哥哥在离沙滩稍远的海里游泳。

那一处海水清澈得过分，水底同时映出我们和鱼的影子。云朵像极了它们，飘浮在天空，我甚至会想，那是不是我们的影子映在了天空中呢……

我们的乡下屋舍背后建了好几栋养着家畜的小屋，犹如一块硬币的正反两面。有时家畜会交尾，发出的悲鸣传到我们耳朵里。通往后门的栅栏外面，是一片小小的牧场。一头公牛和一头母牛总是在那儿吃草。黄昏降临的时候，它们不知消失去了哪里。然后，我们通常会练习接球。你也跑去那里玩游戏，有时是和你的姐姐，有时是和你的小弟弟。像从前一样，你在远处摘花，唱着刚刚学会的赞美歌。有时你记不住歌词，你的姐姐就会小声地接着唱下去。你的小弟弟只有八岁，一直黏在你身边。想要加入我们，还得再等几年吧。而你的"日课"是和小弟弟每天接一个吻。"今天还一次都没有吻过呢。"说着，你拉过小弟弟，当着我们的面，若无其事地和他接吻。

我一边继续投球，一边用余光看着你们。我总是这样。

那片牧场的对面是麦田。麦田和麦田之间，有小小的河川潺潺淌过。我们经常去那里钓鱼。你和你的小弟弟一块儿走在我们身后，肩上扛着一端涂了胶的竹竿，手上拎着鱼篓子。我害怕蚯蚓，所以拜托你的哥哥们帮我把它穿在鱼竿上。可我的蚯蚓很快就被鱼吃掉了，他们觉得反复帮我穿蚯蚓是件麻烦事儿，就把这个任务推给在一旁看着我们钓鱼的你。你不像我这么害怕蚯蚓，为了帮我穿蚯蚓，你蹲在我面前。你总是格外正式地戴着一顶麦蒿帽子，上面装饰着红樱桃。帽檐柔软地抚过我的脸颊。为了不让自己显得刻意，我甚至开始深呼吸。可我没有闻到你身上的味道。扑鼻的只有麦蒿帽子那微微烤焦的香气。我一点也不满足，我觉得自己被你骗了。

那时候T村还没有被开发为避暑地，前来消夏的客人只有我们。我们在那片小小的村落很受欢迎。每当我们去海边，周围总有不少村民，那些善良的人，他们以为我是你哥哥，这让我越发得意忘形。

不仅如此，你的母亲也不会一味宠爱小孩，这点和我的母亲完全相反。她对待我的态度和对待她的小孩一般无二，不在意也不干涉。我甚至相信她格外喜欢我。

说好的一个星期已经过去了，可我没打算回到都会的家里。

唉，如果我也学着你哥哥们那样，时常对你恶作剧，也就不会有后来的失败了吧。一个大胆的念头突然钻入脑海，我很想和你一起，两人单独出去玩一次，哪怕一次。

"你会打网球？"某天，你问我。

"嗯，会一点。"

"那刚好和我一样。要不要去打一会儿？"

"没有球拍，上哪儿去打啊？"

"去小学呗，找大家借给我们。"

这看上去是和你单独出游的绝佳机会，为了不错过它，我撒了一个很快就会被识破的谎。其实我一次也没有拿过网球拍。可我又觉得，如果对手只是个少女，怎么也能应付过去。虽然你的两个哥哥时常轻蔑地说"网球有什么了不起"，但是经不住我们诱惑，也一块儿去了小学。在那里，他们可以玩投铅球。

小学的校园中，夹竹桃花开得一片绚烂。你的哥哥们很快在花荫下玩起了铅球。我和你在离他们稍远的地方，用粉笔画出白线，布好球网，握着球拍，认认真真地开始对决。你比我想象的打得要好，我打回去的球大多被球网钩住，五六回合下来，你生气地扔掉了球拍。

"不打了。"

"为什么？"我有些战战兢兢地问。

"谁让你一直让着我……这样太没意思了。"

听起来，我的谎言并没有被你识破，可你的误会反而让我无比痛苦。我宁可被视作一个小骗子，这总比被你当成薄情的家伙要好。

我鼓起脸颊，一言不发地擦汗。不知为什么，从刚才开始，我就觉得那些夹竹桃的淡红色花朵很碍眼。

这两三天你都穿着鼠灰色的肥大泳衣。你很讨厌穿着它。在此之前，不知怎的，你自己的泳衣破了一个心形的洞，位置在胸口。你只好借了你姐姐的泳衣来穿，她不怎么下海游泳。由于这座村子买不到新泳衣，除非去一里之外的车站所在的镇上。于是某一天，我打算补偿那次失败的网球对决，主动提出为你去买泳衣。

"哪里可以借到一辆自行车？"

"理发店的话，大概可以……"

我戴着大大的泳帽，冒着炎炎烈日，骑上从理发店借来的老旧自行车出发了。

我挨个儿逛着小镇上的洋货铺。购买少女穿的泳衣，这事儿本身便具有无与伦比的魅力。其实我早就看好了适合你的泳衣，可为了满足自己的小心思，我不停地挑着，看上去就像仍在为你选购。然后我走去邮局，给母亲发了一封电报——"给我BONBON巧克力糖"。

接着，我像个冲刺终点的选手，汗流浃背地踩着自行车回了村子。

两三天过去了。某日我们横七竖八地躺在海边，轮流把对方埋进沙子里。轮到我了。我全身埋入沙中，只露出一张脸。你正在调整细节部分，我便一动不动，任你摆弄。刚才我就发现，对面那棵大松树下有两位夫人，一边看着我们微笑，一边聊天。我认出其中一个是你母亲，头上戴着泳帽。另一个是我从未在村里见过的女人，撑着一柄黑色的遮阳伞。

"啊呀，那不是你母亲吗？"你拍着泳衣上的沙子，站起身。

"哦……"我无精打采地应着。大家都从沙里爬了起来，只有我一个人始终埋在那儿。我的心紧张地跳个不停，自己的藏身之所大概已经暴露，于是我顶着奇怪的表情，任那张脸露在沙子外面。其实我简直想把脸整个儿埋进沙里。我母亲为什么要来呢？因为我故意从乡下状若悲伤地给她寄出了一封封书信。她非常喜欢我那么做，或许看了那些书信深受感动，以为我在远离她的地方悲伤度日，就想来接我回去……她怎么会知道？我对她全然隐瞒了一名少女，并且为了那名少女，现在我是这样幸福地全身埋在沙子里。

啊，等等。刚才你的样子表明你认识我母亲！本来不该这样的……我从沙子里偷偷瞧着大家，我母亲似乎早就认识你们一家了。我不明白那是怎么回事。我觉得原本打算欺骗母亲的自己反过来被母亲摆了一道。我突然起身，拍掉了沙子。这次轮到我去揭穿母亲的"藏身之所"。我悄悄找你打探情况，落在众人身后，往家里走去……

"你怎么会认识我母亲？"

"因为每次运动会，你母亲都会到场吧？然后她和我母亲总在一块儿看着。"

我完全不知道这件事。因为从小学开始，我就不好意思在众人面前搭理母亲，我总是躲在她看不见的地方。

——现在也一样。大家都在井边清洗身体，只有我磨磨蹭蹭，不知要拖到什么时候。我只想躲开母亲。我蹲在井边，多亏这些长得和我一般高的大丽花，从远处看过来，根本发现不了我，而我却能清清楚楚地听到对面的说话声。他们在聊我的那封"BONBON巧克力糖电报"。你和他们放声大笑。我觉得十分难为情，掏出夹在耳朵上的烟抽了起来。烟雾好几次把我呛住，然后缓解了我的窘迫。

我听到脚步声越来越近，有人向我走来。原来是你。

"在做什么？你母亲要回去了，你也动作快点吧。"

"等我抽完这支烟……"

"真是的！"我们的目光撞在一块儿，你很快笑了起来。那个瞬间，我觉得远处忽然安静无比。

我的母亲，难得她亲自带着BONBON巧克力糖来探望儿子，可儿子一句话也不跟她说。她在车上频频回头，像是为了确认那到底是不是儿子，最终独自离开。母亲的身影彻底消失后，我才自言自语地道："母亲，对不起啊。"声音很低，仿佛不愿让自己听见。

海浪日渐汹涌。每天清晨，冲上海滩的漂流物忽然开始增多，人一下海就被水母刺中。遇上这样的天气，我们便不再游泳，转而在海滩上捡拾各种四散的漂亮贝壳，可以走去很远。那些贝壳大部分都被我存了起来。

出发前几天，有一回练习完接球，我去井边洗手，你也在那里，正被你母亲训斥。我觉得你们的话题和我有关，可我胆子这样小，站着偷听需要拿出稍许勇气。我垂头丧气地离开，过了一会儿，又一个人悄悄折了回去，恰好看见我的泳衣被揉成一团扔在那边的角落里。我吃了一惊。若是平日，只消把泳衣放在那儿，你就会将它连同你哥哥们的一块儿洗净晾干。看来是自己害得你被你母亲训斥。我尽量不弄出声响，拧干泳衣，照常把它搭在晾衣杆上。

第二天清晨，我穿着那件沾了沙子的粗糙泳衣，装作毫不知情的样子。不知是不是我多心，你看上去有些闷闷不乐。

假期终于结束了。

我和你的家人一块儿回去。列车上，好几个皮肤晒得黝黑的少女也刚度完假，正在返程途中。你和她们逐一比较谁的肤色更黑，结果赢了所有人，为此你似乎扬扬得意，这让我稍微失望，可又觉得那顶被你斜斜戴在头上、装饰着红樱桃的麦藁帽子与你黝黑的脸蛋格外相称，所以我并没有为你的肤色感到多么忧伤。如果说坐在列车上的我看起来的确有些忧伤，那得归咎于这个暑假我最后的作业完成得不够好。我忽然听见你的母亲正和你的哥哥们商量，等列车抵达下一站就去买三明治。我变得神经质，担心只有自己被排除在外。于是列车刚在下一站停稳，我就率先从月台上冲了出去，一个人抱着很多三明治回来，分给了你们。

* * *

秋天，新学期来临。你的哥哥们回到地方高中。我也再次住进学校宿舍。

我每周日都会回家见见母亲。这段日子，我和母亲的关系染上了些许悲剧色彩。要知道，相爱的双方为了维持均衡状态，必须共同成长。可是这一做法在母子关系中很难实行。

待在宿舍时，我几乎很少思考母亲的事，因为我相信母亲永远不会改变。然而，母亲始终为了我惴惴不安。她十分担忧我会不会利用过去的短短一周，突然成长为她不认识的青年。于是，每次我从宿舍回到家中，她都试图从我身上找出某种与从前一般无二的天真，否则就不能安心。后来，她甚至开始"人工培育"那种天真。

母亲，如果我的年龄已经和那种天真毫不相称，并且为了保持天真而变成一个不幸之人，那么这全是你的错。

某个周日，我又从宿舍回到家里。我发现母亲换了一种发型，不再是平日常绾的椭圆发髻。我一边看着，一边看似忧虑地对她说："母亲，你一点都不适合这个发型……"

从那以后，母亲再也没有尝试过同样的发型。

尽管如此，我仍旧利用在宿舍的每一天，为了成为"大人"而练习着。我开始把头发留长，母亲的话也抛到了九霄云外。仿佛这样就能掩盖我的天真。我努力忘记母亲，故意让自己被厌恶的烟草味熏得十分痛苦。我的室友们时常收到匿名书信，看字迹就知道是姑娘写的。大家总是围住收信人，等他们轮流红着脸，半真半假地讲述匿名少女的故事。我也很想加入他们，每天心急如焚地等待着你或许永远也不会寄出的匿名书信。

有一天，我下课回到宿舍，书桌上静静躺着一封书信。信封小小的，是姑娘用的款式。我忐忑不安地把信拿在手里，那是你姐姐寄来的。这几日，为了收到类似的匿名书信，我给你姐姐寄过两三册外文书，她就写了这封信表示感谢。她从女校毕业后，依然在学英文。不过性格太板正了，竟然直接把自己的名字写在信封上寄了过来。别人一看便知，这封信自然没有勾起大家的好奇，不过为我招来几句无关痛痒的揶揄罢了。

后来，我觉得这样的书信也不错，为了收到它们，我经常给你姐姐寄去各种书籍，而你姐姐一定会寄来回信。哎，要是这些信没有正正经经地署名，该有多好……

至于我期待的匿名书信，无论等待多久，都不曾光顾。

在此期间，夏日去而复返。

我再度被你们一家邀请去T村做客。村子还是去年那样，一点没变，这座美丽小巧的村庄，每个角落都存放着我们去年夏天的回忆，我把它们一一找了出来。然而我们自己或多或少已与去年不同，尤其是你的家人，对我的态度变得非常神经质。

而且，在这不足一年的时间里，你竟然与我记忆中的姑娘判若两人，神情日渐忧郁，我简直以为自己的眼睛出了问题。你不再像去年那样亲密地跟我讲话，也不再状若天真地戴着那顶装饰了红樱桃的麦蒿帽子，而是像年轻姑娘那般把头发编成一串葡萄状的辫子。即便穿上鼠灰色的泳衣去海边，被我们排挤，也不会吵闹地纠缠不休，而是略微充当你那小弟弟的玩伴。我禁不住觉得自己遭到了你的背叛。

每逢周日，你会和你姐姐结伴去村里的小教堂。说起来，你的模样忽然开始像你姐姐。你姐姐和我同年。身上散发着洗完头发后的刺鼻气味。不过她的确总是性情温和、彬彬有礼的样子，而且一整天都在学习英文。

是不是随着年岁渐长，姐姐带给你的影响，那般突兀地取代了哥哥们带给你的？而且我不明白的是，为何无论发生什么，你都会从我面前躲开？难道是你姐姐悄悄在心里喜欢我，而你刚好知道，为了姐姐，你打算自我牺牲？一想到此，我忽然觉得难为情，因为自己曾和你姐姐有过两三次书信往来……

你们在教堂的时候，村里的年轻人时常从门外经过，骂骂咧咧，言辞粗鄙，你们对此十分厌恶。

某个周日，趁着你们正练习唱赞美歌，我和你的哥哥们藏在教堂的角落里，各自握着球棒，打算埋伏起来袭击村里那些使坏的年轻人。他们果然什么都不知道，仍旧像往常一样肆无忌惮地跑来嘲笑你们。你的哥哥们突然推开窗户，气势逼人地教训了他们一顿。我也学着你哥哥们的样子冲上前去……突如其来的变故吓得他们措手不及，慌乱之余，纷纷大叫着一溜烟逃掉了。

我有些得意，仿佛是自己一个人把他们全部赶跑的。我把头转向你，想听到你的夸奖。这时我看到一个脸色苍白、身材瘦弱的青年站在你身边，你们的肩膀挨得很紧。他朝我看过来，目光似乎带着畏惧。我莫名觉得一阵忐忑。

他们介绍我与青年认识。我故作冷淡地对他点了点头。

他是村里吴服屋[1]老板的儿子。初中时因病退学，躲在这乡野的小小村落，靠讲义录自学。他比我年长许多，似乎很乐意听我讲自己的学校。

这个青年对我抱有好感，比对你的哥哥们多，我很快领会了这一点，可着实没法喜欢他。此人若不是作为我的竞争对手出现，我恐怕看都不会看他一眼。而我也比任何人更快察觉，你喜欢他。

青年的出现，仿佛药品一般令我恢复了活力。这段日子，我并不怎么悲伤，我再次变回之前那名快活的少年，和你的哥哥们游泳、玩接球。事实上我很清楚，只有这么做才能让自己忘记痛苦。今年你的小弟弟九岁了，最近也开始加入我们，甚至模仿他的哥哥们疏远你。他们把你孤零零地留在那棵高大的松树下，后来青年来了，你们一直在一起。

某天，我独自率先离开了村子。我觉得那棵松树树荫下的你

---

① 吴服屋：诞生于17世纪的京都、江户、大阪等地经营衣料的店铺。吴服原本单指绸缎，现也包含能制成一件完整和服的各种布料。

和他，就像保尔和薇吉妮①一般。

出发前的两三天，我一个人到处嬉闹，甚至用尽办法，愚蠢地想让你们知道，等我离开后你们会过上多么寂寞的乡间生活……为此，我把自己折腾得精疲力竭，之后偷偷地哭着出发了。

秋天降临，青年突然给我寄来一封长长的书信。我绷着脸读完，他给了这封信一个田园小说般的收梢，他说你离开村子前，坐在车上静静凝视着他，好像下一秒就要哭出来。我暗暗羡慕这部小说里伤感的男女主人公，不明白他何以向我表明对你的感情。又或许是在冲我下挑战书？果真如此的话，那么他的目的达到了。

这封信给了我最后的一击。我想我痛苦极了。可那时我还是个小孩，那份痛苦带给我无与伦比的魅力。我心甘情愿地放弃了你。

从那以后，我如饥似渴地阅读小说，远离了所有体育活动，变成一名忧郁的少年，和从前的自己大相径庭。我的母亲渐渐开始担心。她有意无意地搜寻我的内心，在那里发现了两名少

---

① 保尔和薇吉妮：法国作家贝尔纳丹·德·圣皮埃尔（1737—1814）代表作、小说《保尔和薇吉妮》的男女主人公。

女给予儿子的影响。可是母亲，你的发现总是这样姗姗来迟。

有一天，我突然告诉母亲想要放弃即将就读的医科，改念文科。母亲听着，当场呆若木鸡。

秋天的最后一日。我和一个朋友沿着学校背后的狭长坡道往上走，秋阳下，两个女学生迎面而来。我们很快擦肩，仿佛对方并不存在。我认出其中一人是你。擦肩而过的时候，我迅速瞥了一眼少女随意编起来的辫子，它在秋阳里散发出隐约的芬芳，那香气让我想起曾几何时麦蒿帽子的味道。我的呼吸变得格外急促。

"怎么了？"

"没什么，总觉得那人有点面熟……不过应该是我认错了。"

* * *

第二年暑假，我跟着一位认识不久的有名诗人去了某座高原。

每逢夏日，聚集在高原的避暑客人里，有一大半都是外国人和上流社会的有钱人。饭店的露台上，那些外国人有的在阅读英文报纸，有的在下西洋象棋。去落叶松林散步的时候，背后突然响起马蹄声。网球场附近每天都很热闹，就像举行户外舞会一样，背后教堂里的钢琴声不绝于耳……

诗人每年夏天都来高原生活，在这儿认识了很多少女。她们从诗人面前走过时，会礼貌地跟他打招呼。我暗暗幻想着其中一位终有一天成为我的恋人。为了实现这个梦，我得尽快变成一个有名的诗人，除此之外别无他法。

有一天，我像往常一样和诗人在镇上的本町路散步。这时，对面过来一群少女，有的拿着球拍，有的推着自行车，叽叽喳喳地聊着天。少女们看到我们，主动停下来，让出一条路，其中几人对诗人打了招呼。他和她们聊了一会儿。我不由得走去几步远的地方，无所事事地站在那儿，目不转睛地盯着鸡肉店门口饲养的火鸡，满心期待诗人会把我叫过去，介绍给那些少女认识……

可少女们没有朝我的方向看一眼，随即又叽叽喳喳地聊着天走远了。我竭力把目光转到别处。

接下来，我和诗人继续并肩散步。我假装若无其事地热心打听着刚刚邂逅的少女们的名字。迄今为止，我所遇见的冷淡高傲的野花，在我得知她们的名字后，往往主动与我亲近，我觉得那些少女或许也一样，一旦被我知道了名字，她们就会主动靠近。

我一边等待那样的事情发生，一边逗留了三个星期，最后只身一人率先离开了高原。

刚到家，我母亲就露出一脸幸福的神情，仿佛她熟悉的儿子终于回来了。我完全恢复成从前乖巧听话的模样。可我知道，自己是为了迷住在高原邂逅的众多少女，才如此精神饱满。冲着那个唯一的目标，我想早日变成有名的诗人。我点燃了小孩特有的野心。母亲丝毫没有察觉，只是一心一意地爱着我，以为儿子唤醒了身体里的天真。

从高原回来后不久，我收到一封电报，是你的哥哥们从T村发来的。它如同一个暗号——"给我BONBON巧克力糖"。

我不抱任何希望地第三次造访T村，我想都怪自己太软弱了，没法断然拒绝你的哥哥们。这座村子的大海、河川、牧场、麦田、古旧的教堂遍布着我少年时代的回忆，哪怕看上一眼也好，我想再次见到它们。从今以后，恐怕一生无法相见。此外，我固然也想知道，分别之后你过得怎么样。

然而我看到了什么？这片曾被我视作海边贝壳般的美丽小村，竟然如此破烂、如此逼仄。而我心底天真无邪的昔日恋人，如今映在眼中也仅仅是个冷淡别扭的姑娘。还有我那瘦弱的竞争对手，他的脸色比去年更加糟糕，我甚至对他产生了莫名的同情，越发明显地避开他。他不时用悲伤的目光注视我，里面藏着很多话，和去年迥然不同，我感到他很痛苦。在我眼中，这就是我最后的少年时光，我愿意这么相信，为此极其快活地和你的哥哥们游玩嬉闹。

这个吴服屋老板的儿子独自住在今年刚建成的小别墅里。听说那别墅是为了今夏迎接你们一家过来度假，特意修建的。不过他的病情没能让他实现这个愿望。你家的女眷依然留在去年那栋远离人烟的农家小屋，只有你的哥哥们和我住进了他家。

某天一大早，我起来如厕。透过那里的小窗，能清楚地看见外面的一口井。这时似乎有谁在井边洗脸。我若无其事地看过去，发现是他。青年一脸苍白地刷着牙，嘴边渗出几丝血迹。他好像并未察觉。我以为那些血是从他牙龈里流出来的。突然，他俯下身开始咳嗽，往水池里吐出一大团血来……

那天午后，我没有告诉任何人这件事，独自匆匆离开了T村。

尾　声

地震！是它彻底颠覆了爱的秩序。

我从宿舍奔出来，没有戴帽子，穿着草鞋仓促地往家里赶去。我的家已被烧毁了。我没法知道父母的下落。我想，也许他们正从当地撤离。我混在避难者队伍中往郊外的Y村走去，那里有我父亲的亲戚。不知何时，我的草鞋弄丢了，我只好光着脚继续赶路。

在避难者的人群中，我毫无预兆地认出你们一家。双方都很兴奋，用力拍着彼此的肩。你们已经走得很疲倦，我不容分说地拉着你们继续往前走，还说只要到达离得最近的Y村，怎么也能解决今晚的问题。

Y村在原野中央扎开巨大的帐篷，燃起了柴火。深夜时分开始烧饭。此时，依然不见父母的身影。可周围的气氛这样热闹，我竟兀自高兴起来，仿佛正和你们在郊外露营。

我们挤成一团，在帐篷的角落躺下。每次翻身，我的头肯定会撞上别人的。于是我们一直睡不着。有时会发生很大的余震。是谁忽然哭了，声音却像在笑……半梦半醒间，我猛地睁开眼睛，不知哪个姑娘睡得迷糊，凌乱的发丝扫上我的脸。我闻着那股似有若无的芳香，一时分不清自己是醒着还是梦着。那香味仿佛不是从鼻尖的发丝传来，而是从记忆深处轻轻浮现。属于你的味道，太阳的味道，麦蒿帽子的味道……我装作睡着的模样，把脸埋进那些发丝里。你一动不动。你也在装睡吗？

一大早，我们便被父亲赶到的消息唤醒。我母亲与父亲走散了。而且现在依旧下落不明。那些去我家附近的堤坝避难的人，一个不落地掉进了河川，说不定我母亲已经溺水身亡……

父亲讲述的故事太过悲伤，我听着听着，终于彻底清醒过来，不知不觉偷偷淌下眼泪。然而我不是为了母亲的死才悲伤落泪。如果那种情绪可以称作悲伤，并且让我立刻哭泣，那么它也太过隆重。我只是从梦中醒来，忽然想起昨夜种种，想起我已经不再爱你，而你也不再爱我，想起这样的你和我之间那出乎意料、不可思议的爱抚，是的，我只是在为这一切悲伤落泪。

那天中午，你们借来两辆马车，一家人犹如家畜般坐在车

181

上，摇摇晃晃地出发了，目的地是某个我不曾听说的乡村。

我目送你们出了Y村。马车扬起大片尘埃。它们几乎钻进我的眼睛。我闭上眼，喃喃地说："谁来告诉我，你有没有回过头看一看我呢……"

可我像是害怕确认它，一直一直闭着眼睛，哪怕那些尘埃早已消失不见。

燃烧的脸颊

隔着睡衣，我认出脊椎骨上那处奇怪的突起，像那晚一样伸手轻轻抚上去。

——《燃烧的脸颊》

我十七岁了。刚好是跨入高中校门的年纪。

父母害怕我在他们身边会变得过分神经质，安排我住进了学校宿舍。环境变化给我的性格造成莫大影响。为此，我那少年时代开始的脱胎换骨日渐让人生厌。

宿舍宛如蜂巢，划分出许多小房间，每间都住着十多个学生。说是房间，其实里面只是一个大洞，摆放着两三张大桌子。桌上乱七八糟地堆放着白色条纹的制服帽、辞典、笔记本、墨水瓶、香烟盒等，分不清到底是谁的。我们就生活在这些杂物里。有人学习德语，有人危险地骑在破旧的椅子上拼命抽烟。我是他们中年纪最小的。为了不遭到他们的排挤，我痛苦地抽着烟，还战战兢兢地用剃须刀在光洁的脸颊上刮了刮。

二楼的寝室弥散着奇妙的臭味。那些肮脏的内衣裤的味道让我火冒三丈。我觉得睡着后，那种味道甚至会钻到梦里来。我把现实里陌生的感觉赋予了这个梦境，后来我习惯了那种味道。

就这样，我的脱胎换骨渐渐准备妥当，只等着谁来给它最后一击。

某天午休时，我一个人百无聊赖地走进植物实验室南侧的花坛，那里很安静。走着走着，我忽然停下脚步。角落里盛开着一大簇不知名的雪白花朵，花粉很多，一只蜜蜂从那儿飞上半空，腿上沾满花粉，似乎在思考接下来要把花粉传到哪朵花上。可它好像十分迷茫，不知道选哪朵花，也不打算在任何一朵花上停留。那个瞬间。我总觉得这些不知名的花朵以某种奇妙的姿态各自舒展开雌蕊，意图引诱那只蜜蜂。

这时，蜜蜂终于选定了一朵花，停在它上面，沾满花粉的腿紧紧抓住雌蕊。不一会儿，蜜蜂飞了起来。我看着这一切，忽然生出一种小孩般的残酷情绪，一把扯下受粉完毕的花朵，一动不动地站在纷纷扬扬的花粉中，用力盯着别的雌蕊，最终把它也揉碎在手心。做完这一切，我再度百无聊赖地在花坛里散步，这里开着各种红红紫紫的鲜花，像要烧起来。这时，和花坛构成一个"T"形的植物实验室里，有人隔着窗玻璃叫我的名字。我一看，发现是那个叫鱼住的高年级生。

"你过来一下。给你看我的显微镜。"

这个名叫鱼住的高年级生，身体结实，约莫壮出我一倍，是个投掷铁饼的好手。他站在操场上的时候，很有几分"掷铁饼者"的模样，那阵子，那张根据希腊雕塑绘制的明信片在学生中颇为流行。不少低年级生奉鱼住为偶像。可他不管对着谁，都摆出一副愚弄对方的表情。我想赢得这个人的好感，于是走进了植物实验室。

鱼住一个人在那里，正用汗毛浓密的手笨拙地摆弄着标本，有时透过蔡司显微镜瞅着它，还让我也去看。为了看清楚那是什么东西，我不得不躬起身，像只海虾。

"看得到吗？"

"嗯……"

我保持着这个极不舒服的姿势，用另一只眼睛悄悄瞥了一眼鱼住。刚刚我觉得他神情里掠过一抹异色，不知道是因为实验室里光线太过明亮，还是他摘下了惯常戴在脸上的假面，他脸颊的肌肉有些微妙的松弛，眼里布着血丝，唇边却挂着一抹少女般柔弱的微笑。我不觉想起了刚才的蜜蜂和那些不知名的雪白花朵。他温热的呼吸吹在我的脸颊上。

我很快从显微镜前抬起头。

"我……"我一边看着手表，一边含糊不清地说，"得回教室了……"

"是吗？"

鱼住又戴上了新的假面，居高临下地盯着我发青的脸色，露出那种愚弄对方的表情。

* * *

五月来临，我们宿舍搬进一个名叫三枝的学生，他和我同级，比我大一岁。那些高年级生总把他当成少年，这事儿不少人都知道。他的确是个身材纤瘦、皮肤剔透的美少年。我很羡慕他的蔷薇色皮肤，带着一种贫血性的美感。在教室里，我甚至时常用书挡住自己的脸，偷偷盯着他细细的脖颈。

晚上，三枝是我们中最早回到二楼寝室的。

寝室里，只要不到十点的睡觉时间是不会亮灯的。即便如此，他依然在九点左右回去寝室。我看着黑暗中他的睡颜，忍不住胡思乱想。

不过我的习惯是，不到十二点就不回寝室。

某天晚上，我嗓子很痛。我想大概是发烧了。三枝回去寝室没多久，我手持西洋蜡烛走上扶梯，径自打开寝室门。屋内漆黑一片，手中的蜡烛突然在天花板上映出一抹异样的暗影，宛如一只巨大的鸟，缓缓振翅，让人毛骨悚然。我的心里飞快晃过某种不安。天花板上的幻象无非是蜡烛明灭的投影罢了。待蜡烛晃得没那么厉害时，我发现三枝躺在他靠墙的寝床上，枕边还有一个高大的男人，披着斗篷，一言不发地坐在那里，心情似乎很糟。

"谁？"披着斗篷的男人对我说。

我慌忙吹灭蜡烛。那男人是鱼住。此前在植物实验室的时候，我就感觉他一定很厌恶我。我没有吭声，钻进了三枝隔壁我有些脏的被窝中。

三枝一直沉默着。

几分钟过去，我疼痛的嗓子像是被什么紧紧勒住。终于，鱼住一言不发地起身离开了寝室，在黑暗中弄出很大动静。等他走远了，我才不大舒服地对三枝说："我嗓子疼……"

"有没有发烧？"他问。

"有点儿。"

"多少度？过来我看看……"

三枝一边说着一边从他的被窝里探出身体。他冰凉的手贴着我不断作疼的太阳穴。我不由得屏住呼吸，这时，他握住我的手腕。若说这是在测我的脉搏，动作也未免太过奇怪。我紧张得不得了，害怕他发现此时我忽然加速的心跳……

第二天我没有起床，就那么缩在被子里，心想从今以后，为了每天晚上早点回寝室，嗓子始终治不好也没关系。

几天后的一个傍晚，我的嗓子又开始疼了。我故意一边咳嗽，一边紧跟在三枝身后往寝室的方向走。走进寝室我才发现，他的床上空无一人。他还没有回来，不知去了哪里。

大约过了一个小时。我有点犯愁，觉得嗓子好像更疼了。或许不久之后，自己就会身染重疾不治身亡吧。

三枝终于回来了。我枕边的蜡烛一直亮着，这会儿他准备脱衣服，烛光把他的影子映在天花板上，有些毛骨悚然。我忽然想起某个晚上看见的天花板上的幻影。我问他刚才去了哪里，他说睡不着，一个人在操场上散了会儿步。这真是再明显不过的谎，可我没有揭穿他。

"要点着蜡烛吗？"他问。

"我无所谓啊。"

"那我吹了哦。"

说着，他把脸凑过来，准备吹熄我枕边的蜡烛。我静静仰头看着他的脸。他睫毛很长，就着烛光一闪一闪，在眼眶下洒出阴影。

我的脸像烛火一样微微发热，却传来某种神圣的冰冷。

我和三枝的关系似乎僭越了友情的界限。而我和他越是亲近，鱼住对寄宿生的态度就越是粗暴。有时他会一个人跑去操场，发疯似的投掷铁饼。

学期考试即将来临。寄宿生们都在复习备考，鱼住却从宿舍里消失了身影。对此，我们都缄口不言。

＊　＊　＊

　　暑假到了。

　　我和三枝打算展开一趟为期一周的旅行，地点是某个半岛。

　　那天上午，天空阴云密布，我们仿佛背着父母打算做恶作剧的小孩，脸色沉沉地踏上了旅途。

　　我们在半岛的某座车站下车，沿着海岸线走了二里路，到达一座四面环山的小渔村，山呈锯齿状。旅馆十分破旧，夜幕降临后，散发着海草的气味。女侍拿来煤油灯。昏暗灯光下，三枝脱掉衬衣打算上床睡觉，我发现他背脊上有一块脊椎骨奇怪地突了起来。我莫名想去摸一摸，指着它对三枝道："这是什么？"

　　"那是……"他微微红了脸，"脊椎骨疡症的痕迹。"

　　"可以让我摸一摸吗？"

　　说着，我伸手摸上那块奇怪突起的脊椎骨，一遍一遍，仿佛抚弄象牙。他闭上眼睛，似乎感觉有点痒。

　　第二天，天空依旧阴沉沉的。我们还是上路了，沿着海岸线上铺满碎石的小道往前走，路过几座小村子，正午，就快抵达其中一座村子时，天色暗沉，风雨欲来，而且我们都走累了，情绪低落。进了村子，我们寻思着找人打听一下，看看什么时候能搭上出村的公共马车。

村口架着一座小小的板桥。五六个村里的姑娘各自拎着鱼篓站在桥上，不知正聊些什么。见有人走近，她们立刻收声，好奇地盯着我们。我从她们中挑了一个目光灵澈的姑娘，静静凝视着她。她似乎是几人里最年长的，无论被我如何肆无忌惮地打量，神情始终波澜不惊。于是，我像所有遇上这种情况的年轻人一样，挖空了心思，希望在短时间内留给她最深刻的印象。我还想着，要是能和她说说话，哪怕只言片语也好，可还没来得及开口，人已快要走过她们。这时，三枝忽然放慢脚步，径直朝她走去。我不由得顿在原地，他似乎打算抢在我前面向那个少女询问公共马车的情况。

我有些在意，他这番机敏的行为会给少女留下深刻印象吗？并且远胜于我？于是我也走上前去，趁着他询问的当儿，瞥了一眼她手中的鱼篓。

少女大大方方地回答他的问题。她的嗓音有种微妙的沙哑，宛如背叛了她灵澈的目光，然而依旧把我迷住。我觉得那是一种恰到好处的少女的声音。

这次轮到我发问。我指着刚才瞥了一眼的鱼篓，小心翼翼地问她里面是什么鱼。

"呵呵呵……"少女忍不住笑起来，其他少女也随之哄然大笑。看来我的问法太过奇怪。我禁不住红了脸。这时，三枝脸上掠过一抹坏心眼的微笑，我没有错过。

我突然对他生出类似敌意的情绪。

我们一言不发地朝村子出口的公共马车站走去。到那里后等了好久，马车始终不来。等着等着，天又开始落雨。

马车终于来了。空荡荡的车厢里，我和他几乎没有一句交谈，留给对方无以排解的坏心情。傍晚，绵绵细雨中，我们终于抵达了一座开有旅馆的海边小镇。那间旅馆和前日有些脏旧的旅馆类似，同样散发着隐约的海草气味，同样点着昏暗的煤油灯，总算唤醒了脑海里前夜的自己。于是我们慢慢和解，我们把自己的坏心情全部归咎于旅途中的恶劣天气。最后我提议，明天就搭乘马车直接前往有列车经过的小镇，姑且先回东京。他想不出别的办法，便也同意了。

那天晚上我们很疲倦，立刻进入梦乡。临近拂晓时分，我忽然睁开眼睛。三枝背对我睡着。隔着睡衣，我认出脊椎骨上那处奇怪的突起，像那晚一样伸手轻轻抚上去。我一边抚摸，一边猛地想起昨天在桥上看见的少女，她拎着鱼篓，有一双美丽的眼睛，她异样的嗓音仍然飘在我耳边。三枝磨牙的声音低低传来，我听着那声音，迷迷糊糊地睡了过去……

第二天依旧飘雨，比昨天的雨雾更加缠绵，不容分说地坚定了我们终止旅行的决心。

公共马车在雨中踩出刺耳的声响，我们搭乘的三等车厢混杂拥挤，于是我和三枝努力不让对方感觉痛苦。这无异于画下了我们爱的休止符。我感到从今以后再也不会见到三枝。他无数次握住我的手。我任他握着，没有挣扎。然而不知不觉间，耳边时时飞来那个少女异样的嗓音。我只能听见她的声音。

道别的时刻最是悲伤。我在途中就下车了，因为从那里换乘郊外列车回家比较方便。我在人潮涌动的月台上走了几步，他坐在列车上无数次回过头。为了把我看得清楚些，他的脸贴在细雨密布的窗玻璃上，然而呼出的白气氤氲了那面窗户，反而让他更看不清。

* * *

八月，我和父亲到信州的某片湖边旅行。那之后，我没有见过三枝。住在湖边的日子，我时常收到他寄来的信，宛若情书。后来我渐渐不再回复。少女们异样的嗓音改变了我的爱。从他最近的来信里，我得知他生了病，好像脊椎骨疡症又犯了。尽管如此，我依然没有寄出回信。

秋天，新学期到了。从湖边回来后，我再次住进了宿舍。可那里的一切都变了。三枝搬去某处海边养病，鱼住早已视我为空气。冬天来临，某个结着薄冰的清晨，学校公告栏上贴出三枝逝去的消息。我双目失神地凝视着公告栏，仿佛那是一个陌生人。

＊　＊　＊

数年过去。

这几年我偶尔会想起那间宿舍。少年时代的美丽皮肤被我毫不惋惜地蜕下扔在那儿，好像灌木枝上挂着的透明蛇皮——也是这几年，我邂逅了许多拥有异样嗓音的少女，她们中没有一个不让我痛苦。即使遍体鳞伤，我也爱着她们。为此，我终于遭受了无可挽回的打击。

出现剧烈的咯血症状后，我被送进某间高原疗养院，它就坐落在我和父亲曾去旅行的大湖附近。医生诊断出我患了肺结核。可这又有什么关系？不过是永久地失去我的蔷薇色脸颊罢了，一如蔷薇无声无息地散落花瓣。

疗养院里有一栋病楼，叫"白桦"，住着两名病人，一个是我，另一个是名十五六岁的少年。

那名少年也是脊椎骨疡症患者，已快痊愈。每天会在阳台待

195

几个小时，孜孜不倦地晒日光浴。他得知我须卧床静养后，时常来病房探望。少年细长的脸被阳光晒得黝黑，只有嘴唇泛着微微的红润。我感到三枝的脸就藏在这张面孔下，近乎透明，若隐若现。每当这时，我都尽量不看少年的脸。

某天清晨，我忽然起了床，战战兢兢地一个人走去窗边，空气很清新。我从病房窗户看过去，对面阳台上，那名少年正一丝不挂地在那儿晒日光浴。他稍稍猫着腰，一动不动地凝视着自己身体的某个部位，像是笃信谁也不会瞧见这一幕。我的心狂跳起来。为了看得更清楚，我微微眯着自己的近视眼，他黝黑的背脊上似乎有块奇怪的突起，和三枝的一样。

突如其来的晕眩向我袭来。我挣扎着躺回床上，趴在那里。

数日之后，少年丝毫未曾注意到给予我的巨大打击，若无其事地出院了。

美丽村

　　一直想让这部作品具备某种音乐性。我在此前的书信中提到，已彻底放弃和你聊过的题材，事实上我对它仍有留恋。然而又不希望过于直白地描写。在这个方面，我很羡慕音乐家。因为他们能用音乐表现主题或情感，而非明确展露。所以，我希望这部作品无限接近音乐，最理想的结果是能够间接表现那些秘而不宣的往事。

　　　　　　　　　　——堀辰雄《致葛卷义敏之书简》

　　　　　　　　　　　　（《美丽村》笔记）

序　曲

六月十日　于K村

好久不见。今月月初，我在当地住下。从前我总是说，希望在初夏寻一次机会，来到这座高原上的村落，这次终于了却夙愿。我家来客稀少，要说寂寞，当然是有的，不过我依旧心情愉悦地迎送朝夕。

三年前，为了养病，我独自在这里住到了十月。那时节山中秋日的寂寞与眼下的寂寞截然不同。当时我拄着藤制的拐杖，去旅馆背后的山道上散步。那一带的落叶与日俱增，有时能在叶间瞥见一些蘑菇，长着让人毛骨悚然的颜色，有时只能遇见大摇大摆盘旋其上的赤腹鸟（那种小鸟似乎总把人当傻瓜），周遭人迹罕至。不过我总觉得有人似乎刚刚离开，空气中飘荡着远行的味道——尤其那年夏天，花意浓重，生病后，我深切感受到某种盛季过后的寂寥，或者说凋零过后的颓败。（很多前来避暑的西洋人并未离开，我们偶尔会在山道上遇见，他们用怀疑审视的目光看着大病初愈的我，径直从身边走过，一种微妙的寂寞渐次堆积，胜过与人亲近……）——因此我格外喜欢六月的高原，寂寞荡然无存，即便漫步在人烟稀少的山道上，心中也涨满夏意，草木葱茏，只待盛季来临。山莺与布谷精神奕奕，鸟鸣婉转，全然不顾"可以让我安静思考一会儿吗"的心愿，惹人恼火地聒噪着。

西洋人已陆续到来，不过大部分别墅仍旧关门闭户。这其实是好事，趁着山上无人通行，发现中意的别墅后，我可以无所顾忌地走进庭园，坐在阳台上抽根烟，发两三个小时的呆。比如，我会选择一栋树皮铺顶的山间小屋，那儿的庭园草叶青青，还有一片紫藤架（此时正值藤花绽放）。我坐在阳台上，枕着一望无际的冷杉、落叶松林以及林子对面的阿尔卑斯群山，打算以它们为背景，构思一篇小说。这些着实令人心情愉悦。只是稍不注意，刚出生的蚊蚋就会来袭击我的脚，毛毛虫也会落到帽子上，这让我有点无奈，但这并不是大自然对我怀有敌意的表现，不，这分明是它盛情难却的示好。我脚边时常落下形如小小海苔卷的叶子，只要想到里面包裹着青虫卵，我就禁不住打个寒战。倘若想象它们在夏天蜕变成飞蛾，有着透明的翅膀，我又觉得这些海苔卷实在可爱。

无论走去哪里，总有野蔷薇小而硬的白色花蕾做伴。我苦苦等待它们的花期。绽放之际芬芳扑鼻，而要等到四散凋零时，避暑的客人才会纷至沓来。这座高原的夏季人满为患，许多花都抢在盛季到来前开放，然后不为人知地散尽它们的美（比如今后即将开放的野蔷薇，还有四处可见的开得正好的杜鹃）——能够怀着清爽之心，一个人尽兴地玩赏这些不与人亲的野生花朵（夏忙时节，村民们无心赏花），实在是难以名状的幸福。你瞧，我在都会如坐针毡，于是跑来山间过上了乡野生活，请别认为这是一种不幸。

　　你与家人何时来到呢？我几乎每天从你家别墅前经过，偶尔走去庭园信步转悠。从前那里绿意浓重，现在却铺着漂亮的草坪，让我简直不能相信自己的眼睛。园外设着白色栅栏。明明是在你家别墅的庭园里，我竟以为走去了别家。我的心紧张得怦怦直跳，生怕被人发现。怎么会变成这样呢？真是不甘心。唯有从前经常和你闲坐聊天的阳台，一如往昔……

　　我又感到悲伤。其实我并没有自己表现出来的那么伤心。因为我正悄悄在山间品尝你们无缘得知的生之愉悦。不过你们究竟何时来到？在我们初相识的这片土地上，与你重逢却要装作陌生人，这让我格外痛苦，甚至想在你抵达前就离开。请原谅我留在这里，原谅我在无人发现之际，不时去你家别墅的庭园百无聊赖地散步，直到出发那日来临。

我又露出悲伤的表情了。好了，把它收起来吧。容我再写几句。可是此前我都写过什么呢？我如今留宿在旅馆里一间偏僻的客房，你知道吗？那儿只有我一个人。坐在檐廊^①上仰起头，主屋的紫藤架刚好罩在眼前。如我刚才所说，这时节藤花开得已近凋谢，或许花期将过，今日明明无风，花朵却纷纷扬扬散落，惹来不少蜜蜂，嗡嗡嗡地绕着它们盘旋。我原本在写这封信的，写着写着搁下笔，想着接下来的内容，抬起头出神地盯着藤花，感觉脑子里的混乱和蜜蜂的嗡嗡之声融为一体，仿佛念念有词的不是它们而是我。我的书桌上摊着一本小说，是拉法耶特夫人^②所著的《克莱芙公爵夫人》，只读了个开头。我是第一次这么认真地读这本古老的法国小说，托它的福，把我从今日此时的逼仄心情中捞了起来。我想让你第一个知道自己读完这本小说的感想，又盼着对你保持沉默。两三年前，我逼着你读过的拉迪盖^③的《舞会》，据说是模仿这本小说写成的，两者十分相像。不过读《舞会》那会儿，我想得很简单，我们只是借来那本书，读完后你没有发表任何感想，我也没有问，尽

---

① 檐廊：传统日式民居中，附着在居室外侧的、细长的铺着木板的部分。

② 拉法耶特夫人（1634—1693）：原名玛丽·马德莱娜·皮奥什·德·拉韦尔涅，法国女作家。代表作《孟邦西埃公主》《克莱芙公爵夫人》等。

③ 雷蒙·拉迪盖（1903—1923）：或译雷蒙德·哈第盖，法国作家。代表作《魔鬼附身》《德·奥热尔伯爵的舞会》等。

管如此，我们的心意却是相通的。现在我还能像那时一样，毫不介意地写下关于这本小说的读后感吗？

　　最重要的是，写这封信时我仍在心中犹豫，到底是寄还是不寄。或许最终我会把它收起来……一想到此，我就没了写信的兴致。我已经放下笔，不知道将来会不会寄出它，总之先道一声再见。

美丽村
又名：小遁走曲

　　我打算沿着陡峭的山道爬上住着"天狗大人"[①]的小山丘。山道上铺了厚厚一层去年落下的叶子，踩在脚底会发出咔嚓咔嚓的声响。越往山上走，落叶越多，我甚至觉得鞋子陷入令人不快的声响中，叶片腐烂的湿气也钻进了鞋里。我正打算原地折返，眼前忽然出现一栋房子，它孤零零地矗立在杂木林中，像是被抛弃般。窗户已用钉子封住，庭园荒芜，摇摇欲坠的木门没有关严实。我心中满是孩子气的好奇，莽撞冒失地走进了庭园。

　　拂开茂密的草丛走上前，我发现这栋房子仍是几年前最后一次见它时的模样，没有丝毫改变。然而这也许是我的错觉，

―――――――――――――
　　[①]　此处指被西洋人称作"Organ Rock"的天狗岩。

很快，那些从我体内复苏的记忆证实了这一点。庭园里蔓草丛生，与周遭杂木林一般无二，可当初它不是这样——我终于想了起来，当初它更美丽，更像一座真正的庭园。其实自那以后过去了数年，在此期间若是对庭园弃之不理，很可能它就是如今的样子。刚才我的奇妙错觉只不过比体内记忆更快来到我面前。然而，那一瞬的仓促印象绝非伪造，身边蓬勃的绿意就是最好的证明。

我第一次来到这栋房子的阳台，透过冷杉交错凌乱的树枝，能够望见下方的高原画出一个大大的圆，村落人家的赤红屋顶或是茅草铺就的屋顶零散分布，迫在眼前。高原尽头，几座别的山丘勾出舒缓的弧线，直直扑来。那些山丘的对面，遥远的中央阿尔卑斯山脉在青空下绵延出幽微的一笔，似乎伸手就能够到，它构成了我眼中参差不齐的地平线。

几年前，我每逢夏天都来这座高原，为了欣赏与此时的高原尽头别无二致的风景，我屡次爬上比这里稍高一点的"天狗大人"所在的山顶，而每年夏天从最后的这栋屋舍门前经过时，都能看到同一对老妇住在里面。我有些在意地看着，这样的二人生活勾起了我的向往。然而我并不十分确定，或许那只是因为我总爱透过自己的悲伤去观察一切（这是我的一种想法）。不知为何，我每次造访这座山丘，都能感到某种悲伤，为此希望用身体的疲劳替换掉它。雪白的门牌上并排写着Miss××的字样。至今我仍记得，其中一个的名字是Miss Seymore。另一个的我忘记了。两位老妇也是，我清楚地记得其中一位满头银发，长着孩童般的脸，另一位却怎么也想不起来。从前我便是这样，只会关心自己中意的人，这是习惯（最近我却认为它是我作为一个作家的才能上的巨大缺陷），就连面对两位老妇也不知不觉让它体现得淋漓尽致。

最近几年，这座高原几乎维系着我少年时代的全部幸福回忆，而把我与它隔离开的，是孤独的疗养院生活、在此期间发生的各种事、与难以忘怀的人之间那并非本意的离别，以及我所有的无能为力。为了再度捡起荒废已久的工作，我希望孤独一人，虽然来到不甚熟悉的乡野分外寂寞，但我向来优柔寡断，这片土地上的一切可以对我讲述各种回忆，而且这个时节暂时不会遇见相识之人，因此我刻意选在盛时之外的六月造访这座高原。不过，几天前刚刚抵达时，我已目睹了长久离开期间，它的各种出人意料的变化，甚至随之清晰记起了最近与某位女性朋友的悲伤离别，而她是我在这里认识的第一个人……

我一边胡思乱想，一边失神地抽着烟，正对面的山丘上耸立着"巨人的椅子"，那是西洋人给这块巨大岩石取的绰号。我长久凝视着眼前庞大沉静的岩石。仿佛只有它逃开了所有风化作用，一如往昔般留在这里。

终于，我再次踩踏着咔嚓作响的落叶，沿着山道往村子走去。山道两旁，落叶松林间，零星可见几座山间小屋，几乎都以印度红的木板封钉窗户。有时工人们在庭园中除草，其中几人曾停住手中的钉耙，神色可疑地看向我。为了逃开这些逼人的视线，我往往慌不择路，无数次钻进没有小道的地方。不过，从那里能通向以前我很喜欢的水车场附近，方向倒是没错的。可惜到水车场后我发现，几年前，那架咕咚咕咚转着的古老水车已经不见。让人更加悲伤的是，我看见了那栋背对水车场附近的落叶松而建的小别墅。外观和几年前我最后一次见到它时全然不同。从前它的庭园周围漫不经心地种着一圈小小的灌木丛，如今用白色栅栏明确划分了界线。不知为何，我心血来潮地伸出手，想要摸摸那些光滑的栅栏。于是我轻轻摸了摸。这时，类似雨滴的东西滴滴答答落在我的帽子上，我收回手往帽子摸去，原来是樱桃。我猛地抬起头，那棵老樱树刚好在头顶撑开繁茂的树枝，由于长得太高，我反而没有注意。它是从前我熟悉的那一棵。

不一会儿，从对面的灌木丛中走来一位个子高挑的年轻外国妇人，手里推着婴儿车。我想我并不认识她。我站到路旁那棵老樱树下，为她让开道路。婴儿车中，有着一头亚麻色头发的女婴看着我的脸，对我微微笑了。我也不由得微笑。可推着婴儿车的年轻母亲连眼角余光都没分给我，径直从我面前走了过去。我目送她们离开，突然觉得那张锐利的侧脸似曾相识，眼前浮现她透明的少女时代的容颜。

我离开了那栋有着白色栅栏的小别墅。那些意外落到我帽子上的樱桃，搅乱了我体内精心描绘、逐渐蔓延的悲伤波纹，却也提供了一个绝好的机会，令方才那场气氛尴尬的相逢多少被冲淡。

我回到村子边上的旅馆。每次投宿这家旅馆，我总是住在为自己预留的远离客人的房间。同样黝黑的墙壁、同样的窗棂，以及钻入这古老画框中的一成不变的园景和花木……我唯一不大习惯的是，自己认识的花朵混在陌生的花丛里一道开放，这让我感到有些寂寞。风从主屋的紫藤架下送来花香，村里的小孩在紫藤下围成圈做游戏。我认出其中一个是旅馆老板的小孩，从前我常陪他一起玩。不久，其他小孩各自散去。他依然蹲在那里，不知道独自玩着什么。我叫了他的名字，他却看也不看我，他是那样沉迷于一个人的游戏。我再次叫他的名字，他终于抬起花猫似的脸蛋，对我说："我不知道太郎在哪里哦。"——我这才察觉，原来面前的小孩是我口中唤的男孩的弟弟。可他们长得多么相像，同样的脸孔，同样的眼神，同样的声音……过了一会儿，我看见一个身材高大得多的陌生男孩走进庭园，边走边叫道："次郎！次郎！"好不容易愿意亲近我、就要过来我这边的小弟弟，听到他的呼唤，急忙跑上前去。我终于认出来，高个子的陌生男孩才是从前我陪着他玩游戏的小孩。然而，这个傲慢的男孩带着他的小弟弟很快离开了，没有回头看我一眼。

* * *

我日日在村里四处散步，熟知它的每一个角落。无论走到何处，哪里新添了什么，哪里少了什么，我都了如指掌。为此，无论置身哪条小道，那些我不曾见过的新建别墅的阴影下，总有一丛灌木等着埋伏袭击我，仿佛已被我忘记的少年时代的某些部分。然后那些或愉快或悲伤的记忆纷纷复苏，凌乱得如同灌木丛一般。我走在路上，时而被记忆紧紧勒住心脏，时而感觉胸口占据着某种情绪。有时我会突然停住脚步，恍觉自己离村子那么远了。路上很少遇见散步的西洋人，邂逅的大多是背着枯树枝的老人或采完蕨菜、腕上挎着篮子打算回家的姑娘。我感到她们早已融入村落的风景，一点也不曾打扰我的回忆。有时我想起一些孩子气的往事，情不自禁地笑出声，她们看见后，会在擦身而过的瞬间忽然跟我打招呼，让我大吃一惊。有时她们迎面走来，原本打算对我展颜一笑，见我脸上挂着悲伤，急忙作罢。

就这样任由记忆带着我，不知不觉来到远离村落的地方。

我觉得现在的身体很是健康。通过散长长的步，我还发掘出一个越发生机勃勃的自己。目前我才在这里逗留了一周，不可否认高原的初夏气候很快就对身心造成影响。夏意已处处可闻。在大自然中漫无目的地散步，若仔细观察四处的灌木枝，会发现周围铺着无数绿苔。它们不久便进入花期，在盛夏来临前凋落，而能够欣赏苔花绽放的只有我一个。想到此，我又觉得以寂寞的乡野生活为代价，虽然昂贵却也十分值得，这是不为人知的快乐。我的内心满溢着某种感动，愉悦得仿佛即将与人分享《田园交响曲》的第一乐章。我开始怀疑，身在都会时是不是对自己失魂落魄的不幸过分夸张，其实根本不必那样苦恼。最近，我尝试原原本本地书写曾让我伤怀的恋爱事件，结果发现还挺喜欢那种伤怀。我有些困惑，以自身不幸为题材，是否逐渐理解了几分对方的心情呢？但我丝毫不愿深究，于是暂停手上的工作，每天外出散步，且我的散步区域日渐扩大。

有一天，我散步回来，被打扫庭园的旅馆老爷子叫住。

"细木什么时候过来？"

"这个我不太清楚……"

老爷子一点也不明白，问这个问题等于问我什么时候从这里离开。

"去年回去的时候，"老爷子想起什么似的说，"她嘱咐过我在庭园里种些羊齿植物，可我忘记她说要种在哪里了。"

"羊齿植物啊。"我鹦鹉学舌般重复道。这时脑海中浮现出那个白色栅栏环绕的小别墅，于是问道，"那片白色栅栏什么时候冒出来的？"

"那个啊……前年的事啦。"

"前年啊……"

我沉默地看着老爷子手中摆弄的植物，过了一会儿，终于发现它开着白色的花。

"这是什么花？"我问。

"这个啊，是石楠花。"

"石楠花？哎，说起来，老爷子，这附近的野蔷薇什么时候开花啊？"

"大概从这个月月末开到下个月月初呢。"

"这样啊，看来还要开一阵子呢。那些花到底哪里比较多？"

"不太清楚……可能是雷诺兹先生的医院对面。"

"啊，原来是那儿啊，在明信片上看到过的地方……"

第二天清晨，山雾弥漫。我披了件雨衣，路过一座小教堂，再横穿过背后的橡树林。教堂窗户上仍旧钉着钉子。走出林子，道路急急拐弯，我沿着一条小小的川流继续往前走。可惜雾太大，完全看不见它的模样，只能听到不绝的潺潺水声。走了没多久，顺着小木桥渡过河川，正打算沿对面的堤岸继续往前，我突然站住，隐约瞧见前方有什么东西蹲在那里，姿势异样，在山雾中呈现一圈光晕，倘若以我为圆心画一个微微发光的圆，它刚好蹲在圆周上。可是这会儿雾气正浓，有时忽然沉沉向我涌来，那抹人影几乎消失不见，又过了一会儿，雾终于散了些，人影也随之清晰。我这才看见那是个西洋人，蹲在一把晴雨伞下，十分在意地盯着一小丛灌木。等雾再薄一些，我又发现他似乎正目不转睛地看着野蔷薇，刚好是我今天想去雷诺兹先生医院对面观赏的花。他完全没有注意到我。他一定相信此情此景无人撞见，因此看得格外入迷，还用这种过后往往连本人也想不起的怪异姿势，堵住我前行的路。我静静站在原地，见他依然全神贯注地盯着我身边的一丛野蔷薇，它就像雷诺兹先生医院对面那些吸引我去看的野蔷薇的草图——终于他站起身，撑着晴雨伞大步离开，背影渐渐模糊在沉沉雾霭里。

我走到小小的野蔷薇花丛前，模仿那人怪异的姿势，蹲下身瞧着，发自内心体会那人刚才的心情。花丛中结满硬而小的花蕾，仰着头看向我，像是有话对我说。不知不觉间我捺着性子数起了花蕾，甚至用指尖轻轻挑起花枝，忽然清晰忆起了刚才那人异样的手势，同时发现这片小小的花丛散发着My Mixture[①]

---

　① My Mixture：英国的香烟品牌。

的味道。大约因为空气潮湿，那味道缠绕在凌乱的蔷薇花枝上久久不散，仿佛这小小花丛本身散发的香味。我想起嘴边永远叼着烟斗的雷诺兹先生，刚才那人一定就是老医生本人。说起来，雾中那栋若隐若现的赤茶色建筑，似乎是疗养院的病楼。

我再次踏入雾中的小道，感觉置身一片圣洁的微光中。无论怎么走，永远看似原地踏步，不觉有些焦虑。我漫无目的地走着。刚才那些仰头看着我、像是有话对我说的野蔷薇让我的胸口溢满了感动。为了我的诗歌，我打算尽情吟诵这些小小的白色花蕾。至今为止我还没有仔细观赏过野蔷薇花朵，接下来要抓住机会，向它们展示我的全部诚意，为此我满心欢喜，不可名状，不由得念起了从前的诗人为野蔷薇写下的诗，并非轻声吟唱，而是有意识地放声高歌。在这样一种诗情的逼迫下，我唱出了自己记得的全部诗句。

* * *

我准备书写的小说主题，在日渐快乐的乡野生活中变得越发没有意义。而且为了描绘它们，我感到自己陷入文思枯竭的

213

困境。我想起《阿道尔夫》[①]，希望像它一样讲述自己身边的琐事。因为胆小怯懦、固执己见而陷入不幸，并连累他人陷入不幸的阿道尔夫的命运与我如出一辙。可我并非《阿道尔夫》的作者，也不拥有他那种极度厌恶怯懦性格的气魄（或许正因为他自身就很怯懦），反而只会对自己的怯懦一味纵容，根本无法模仿他写出那样的故事，甚至会让自己也让他人更加不幸。如此种种，我再清楚不过。其实我一点都不喜欢拥有这些想法的阴暗自我，多亏这段日子生活在乡间，我体内阴暗的成分正慢慢败给明朗的成分。

如今我想书写的故事非常平凡，它存在于接下来我所生活的盛时之外的乡野，这里人烟稀少，而故事就镶嵌在开满鲜花的画框中，像一幅古老的图卷。无论如何，我也想书写这部牧歌般的小说。我十分喜欢别人笔下的类似作品，羡慕他亲历过诸如此类的故事，我既想写出同样的东西，又没有足够的自信，不过这更激发了我的书写欲望。为了写出这个故事，我只能以现在生活的村落为背景，而我有些怀疑，仅仅逗留一两个月，身边真会发生可供书写的事情吗？我曾傻气地埋伏在林中空地，无谓等待，或许某个拥有男孩般阳刚之美的乡野姑娘会突

---

① 《阿道尔夫》：法国文学家、政治思想家本杰明·贡斯当（1767—1830）所著的长篇小说。

然从林中向我奔来……这般空虚地努力一番过后，最终浮现在我脑海的，是那栋废弃的古老小别墅，它坐落在栖息着"天狗大人"的山丘顶上。以那栋小别墅为背景，我用想象填补描绘出这样的场景：一对老妇每年夏天生活于此，是那样无所依靠而令人不安的存在。这样想着，我觉得似乎有了书写的灵感。在此期间，我走进小别墅的庭园，整整一小时，从那里眺望美丽的高原景致，然后突然想起学生时代模糊记诵过的一个德语单词zweisam①，用来形容那两位老妇非常合适。

某天傍晚，我再次沿着铺满枯叶的山道爬上那栋小别墅。庭园的木门半开着，和我上次离开时一样。阳台地板上残留着我扔下的烟蒂，像个小小的污点。我热切凝视着远处的树林、赤红的屋顶、山丘，还有耸立在正对面的"巨人的椅子"，直到夜幕降临，仿佛要把它们一一记在心中。有时我会想象，在这样的黄昏时分，其中一位拥有高贵白发的老妇坐在阳台上，对，刚好是我现在坐着的地方，和早已死去的朋友闲话家常，明明目光茫然，却在瞬间清澈有神、闪闪发光，像是少女亮晶晶的注视。另一位妇人在屋内准备晚饭，摆放碗碟时弄出声响。阳台上的老妇忽然比画了一个十字，姿势轻快随意……"巨人的椅子"似乎想对她说些什么……事实上，老妇的种种

---

① "zweisam"意为"成双成对"。

身姿，我都在实际生活中见过，也许当时就把它们无意识地存放进了记忆，此刻那些动作纷纷复苏。而另一位老妇一直在屋内摆放碗碟，弄出声响，因为我怎么都没法勾勒她的面容，所以她也迟迟不肯走进我的故事……

一天午后，我漫不经心的目光忽然有了焦点，停在脚下某片反射着夕阳余晖的赤红屋顶上。有什么黑黑的小东西从屋顶不断滚下来，滚到屋檐时像个小石子儿一样坠落。不一会儿，又是同样的一番滚落。我好奇地微微眯着眼睛仔细看去，发现那竟是两只小鸟。它们一边交尾，一边一起滚落到屋檐上，从那里同时坠落，再张开翅膀各自飞入半空。不知道是不是同种的鸟，只见它们反复不停地滚落又飞起——我津津有味地看着，觉得把它们写进我的小说也不错。像这样把所见所闻原封不动地搬到正在构思的故事里，作为小插曲融入整体情节，总算一点点充实了我那即将溜走的小说主题。

金合欢花也是这样来到我的故事中。我预感，它们的花期刚好在我的乡野生活即将进入最盛期的时候。我曾无数次在疗养院背后的绿篱前走来走去，仔细观察野蔷薇花蕾的大小及数量。我被它们全然吸引了目光，因此从未注意从那里再往前走，有一行沿河川生长的金合欢树。然而有一天，我正要走去疗养院，感觉前方的小径看上去和平日大异其趣。有那么一小会儿，眼前异样的景致着实让我困惑，在这之前，我不曾目睹金合欢开花，于是简直无法相信，在我尚未察觉的时候，这些树已经开出这样繁艳的花朵。曾经我通过它们柔弱的枝丫、纤细嫩软的椭圆形叶片所想象的花朵，或许与眼前所见的不尽相同。第一眼看到它们时，我甚至觉得这光景实在突兀，想着是谁恶作剧，把这么多雪白的小小灯笼挂在了树梢。后来终于认出这些是金合欢花，我决定沿着小径一直往前走。从树上低低垂下的花朵，几乎碰到我的帽子，香气扑鼻。一些金合欢弯着纤腰，只有我这么高，几乎快要折断，却仍竭力支撑着花朵。从它们身边经过时，不知为何我感到有些悲伤。眼前的金合欢树似乎漫无尽头，我终于挑了一棵较大的站在它面前，想用语言形容这些花朵带给我的突兀感觉。金合欢花周围盘旋着无数蜜蜂，嗡嗡地飞舞其间，也不知目标究竟在哪里。刚才为了整理金合欢花留给自己的印象，我思考得着实入神，这会儿突然意识到这片嗡嗡之声，感觉它们像是从我极度混乱的脑海里发出的……

* * *

村子的东北边有一座山头。

旧山道上郁郁葱葱地长着冷杉和山毛榉，遮天蔽日，光线昏暗。这些老树的树干上密密麻麻地攀附着紫藤、山葡萄、万年藤等蔓草类植物。最初我观察到，紫藤出乎意料地从冷杉树干上垂下花朵，这让我大为吃惊，而后发现藤蔓渐渐缠上了那棵冷杉，我才开始注意这些蔓草。说起来，这里的藤蔓何其多！冷杉的树干看起来也比从前粗壮了不少。那些藤蔓执着地攀附在树皮上，任冷杉挣扎其间，模样甚至有些痛苦，我目不转睛地看着它们，忽然觉得毛骨悚然。一天清晨，我像往常一样从山头乘兴而归，同行的还有两个住在山上小村里的孩子。一路上，他们教我如何辨识山葡萄、万年藤等攀附着树干而生的蔓草植物。秋天，他们会来采摘这些植物的果实，因此早已记住它们长在何处。他们还告诉我小鸟筑巢的位置。这两个孩子的家坐落在山顶，家里开着糕饼店，卖一种吃了据说可以恢复体力的糯米糕。哥哥十一二岁，弟弟七岁左右，说是有兄弟三人，老二正在村里的小学上课，他们下山就是为了去接他。

孩子们像是发现了什么，忽然撇下我冲进树林，拂开草丛，跑到巨大的灌木前站定，伸手从树枝上摘下赤红的果实放入嘴里。我问他们吃的是什么，他们说是"茱萸"。他们有时向我招手示意，让我也过去，可那些草丛太碍事了，我很难走过去，于是哥哥摘了些果实跑回我面前，我学着他们的样，把果实一颗一颗塞进嘴里，味道酸酸的，我强忍着吞了下去。低处树枝上的果实已经被他们吃得差不多了，接下来他们把目标转

218

向高处的树枝，频频伸手却怎么也够不着，我耐性十足地看着这一切，觉得很有意思。

兄弟俩还告诉了我不少山里的近道，然后忽然沿着长满草木的陡峭斜坡大步而下。我脚步踉跄地跟在他们身后，周遭枝叶繁茂，凌乱交错，阳光几乎透不下来。正这么想着，我们眼前忽然开阔无比，现出一片林中空地，阳光晃得人睁不开眼。我们到达这片空地时，不知从何处突然飞来一块石子儿，刚好落在脚边。我们微微眯着眼睛往回看去，几棵山毛榉背后，有一栋模样怪异的小屋，没有窗户，几近垂直的倾斜屋顶上铺着蒿草，一抹小小的黑色人影正要躲进小屋的阴影里。我那两位小小的同伴似乎对此并不计较，反倒转过头来，表情复杂地仰头看向我，犹豫着该不该跟我解释一番。

我疑惑地问："那小子是个笨蛋吗？"

兄弟俩对视一眼，哥哥低声回答："不是的，她是个疯丫头。"

"哦，所以才住在那么奇怪的小屋里？"

"那是藏冰用的小屋，她家在对面。"

可她的家刚好被那模样怪异的藏冰小屋遮住，连像样的一角都没法看见。我猜她家肯定是那种木棚般的简易小屋。

"她精神不大正常，是遗传自她父亲？"

"……"兄弟俩同时摇头。

"那么是她母亲精神有问题？"

"嗯……"哥哥一边回答一边不经意地看向弟弟那边，"有时她会在河里大吼大叫。"

"有一次我也在对面的河边看到了。"弟弟回答。

"对面是哪里？"

"就是对面啊。"弟弟没什么自信地说，表情像是要哭出来，胡乱地指着一个方向。

"这样啊。"我装作听懂的样子，"她父亲是做什么的？"

"是个樵夫。"这次哥哥仍旧一边回答一边看着弟弟那边。

"奇怪的父亲。"弟弟皱着脸说。

这时，小姑娘再次从藏冰小屋的阴影里探出脸来，从我们的方向望去，刚好逆光，没等我们瞧清楚，她已经缩回了脑袋。之后她再也没有出现。过了一会儿，我们听到某种异样的喊声，我着实分不清那是小姑娘正冲着我们怒骂，还是在我们看不见的小屋中，有人对着小姑娘叫骂，又或者是背后树林里传出的山鸠啼鸣？总之，那种难以分辨的声调奇妙地充斥在耳畔——然而我们一言不发，稍稍加快脚步穿过林中的空地。我们再次走进一片树林，眼前也再次仓促地罩下昏暗。不知道是否因为刚才空地上的明亮光线还残留在视线里，好一会儿只感到周围飘浮着某种异样的微明。我紧紧跟在大步往前冲的兄弟俩身后，隐约感觉他俩忽然有些兴奋。就这样跟随他们下山的我，映在他们眼里究竟是什么模样？我对此刻的自己有了几分好奇。

山口处架着一座白色的小桥，一个小男孩背着书包独自站在那里。同行的兄弟俩齐声对他打招呼。看见他俩，小男孩微微一笑，然而似乎有些认生，注意到我后，立刻把脸转向桥下的溪流。我也转过头，出神地盯着那条溪流片刻，在心里描绘刚才在林中空地时弟弟胡乱指过的溪流上游。然后我掏出零钱递给兄弟三人，和他们挥手道别。

＊　＊　＊

下雨了。雨势连绵不绝。终于进入梅雨季。有时雨稍稍停歇，山头的方向变得一片微明，没等彻底放晴，从山峰另一侧爬上来的浓雾再次笼罩山顶，不一会儿一口气冲下来，忽然在村落上空铺展开。等雾气渐渐散去时，透过云层裂缝，可以窥见堇色的天空。然而一瞬过后，雾霭再次沉沉挂在半空，不知何时化作小雨淅淅沥沥地落下。

由于雨季，我不得不终止日课般长长的散步，为此也无比喜爱透过阴云裂缝窥见的堇色天空，它是那样美好，如同对我的一种补偿，哪怕只在瞬间出现——"你眸中的堇色如此可爱……"我脱口而出海涅①的诗句片段，"嗯，那家伙多么幸运，他的眼里没有这般堇色。"看不见堇色天空的日子，我也学着海涅喃喃吟诵着诗句——"你眼中的堇色始终盛放如花，可你的心日渐干涸……"

在这些令人抑郁的日子里，我的小说主题依然时不时从身边逃开。我费尽千辛万苦，紧追不舍。我早已放弃最初的计划，那是以我自己为主人公构成的故事，与之相反，我有些迷茫应该选谁作为新的主人公。看起来，一位老妇已经在我的故事中登场，而另一位始终在厨房里摆放碗碟，弄出声响，迟迟不肯走到阳台上。这个一到冬天就会埋入深雪的寒冷村落，两位老妇的故事、只有一名护士相伴的老医生的故事、时而疯癫地冲去溪流中叫骂的樵夫妻子和她女儿的故事——这些无法捕捉的幻象，总是忽然出现在我心上，又忽然消失无踪。

一天午后，梅雨暂歇，天空放晴。我在别墅并立的水车小道附近散步，这段时间，外国人陆续住进别墅。路过捷克斯洛伐克公使馆的别墅时，隐约可以听见有人在里面练习钢琴。我走

---

① 海涅（1797—1856）：海因里希·海涅，德国著名抒情诗人、散文家，代表作《游记》《罗曼采罗》《每逢注视着你的眼睛》等。

进旁边无人的别墅庭园，侧耳聆听了一阵，那曲子像是巴赫[1]的《D小调遁走曲》。对方反反复复弹奏着同一段旋律，逐渐扩展去下一段，然后为了练习，又把某一段重复弹奏三四回，那些音符显得越发摇曳不定……听着听着，我脸上浮现一抹令人不快的笑意，摇曳的钢琴乐音犹如我近来焦虑的心情，在我苦苦思考着小说的日子里，它也一点点发展壮大。

* * *

一天清晨，我一边叹息着"好像又下雨了……"，一边逐扇拉开防雨窗。明亮的阳光穿过窗户缝隙透射而来，在障子上清晰地映出椭圆形的窗框，又在其中反向描绘着几棵落叶松细细的影子。心口涨满突如其来的欢喜，我想尽快拉开别的防雨窗，反倒颇费了一会儿工夫。原来，积攒的雨滴顺着落叶松的细小叶片不断淌在屋顶上，发出清澈的声响，躺在床上听时，还以为是下雨。我微微眯起眼睛，抬头望着湛蓝的天空，穿着睡衣跑去庭园瞧了瞧，然后再度回到屋内，换上散步服出了门。我在教堂前拐弯，穿过它背后的橡树林，偶尔抬头望向晴

---

[1] 巴赫（1685—1750）：约翰·塞巴斯蒂安·巴赫，德国作曲家，管风琴、小提琴、大键琴演奏家，被称为"西方近代音乐之父"，代表作《勃兰登堡协奏曲》《D大调奏鸣曲》《马太受难曲》等。

空，不由得皱了脸。它真是耀眼。

　　我沿着那条美丽的河川慢慢走着，野草莓为小径镶上一条花边，还有无人注意的花朵前来迎接，那般五光十色，好像一首出色乐章的小小前奏曲。我在熟悉的木桥上兴致勃勃地来回走了两三趟，全然不知这么做有何意义。终于，我踩着虚浮的步伐，顺着疗养院背后的绿篱朝前走去。我注意到自己因为某种困惑，错过了起初的几丛野蔷薇。等我反应过来时，周身笼罩着蔷薇散发的异样香气，飘在雨过天晴的湿润中，经久不散。没等我看见那些小小的白色花朵，它们已第一时间把花香送至面前。我毫不迟疑地走着，一点不打算停下，视线小心翼翼地投向正和自己擦肩而过的一丛野蔷薇。只见一小片花枝上，两三朵白色小花探到我的胸口来，眼神殷切，直直盯着我，仿佛有话想说。下一刻，我发现同一片花枝间还有二三十朵那样的花，以及相同数量含苞待放的花蕾。短短一瞬，它们热热闹闹地把自己集中到我的视野中，却失去了刚才那般好闻的花香，我有些惊异，重新闻了闻，越发感到什么味道也没有了。我聚精会神地继续走着，路过一丛又一丛野蔷薇，终于来到那天清晨雷诺兹博士蹲身细看的花丛前，不由得停下脚步。

　　我站在这片野蔷薇旁有些茫然，脑子里装着过会儿可能怎么想也想不起来的事。这里的花朵比别处都要多，我不停思索着曾在哪里见过类似的情景——这应该是在稍显漫长的恍惚状态之后，三番两次降临的一种独特错觉，或许因为精神过分恍惚，眼前之物给我的感觉呈现空茫状态，我不停想要找回关于它们的切实认知，不由得陷入焦虑——然后我再度回过神，沿着绿篱往前走去。这些野蔷薇并肩而立，彼此隔着一段距离，混在别的灌木中，高度和它们几乎一致，仿佛遵从某种秘密法则精心安排而成。于是，那些微妙的间隔钻入体内，赋予我音乐性的感受，继而为虚浮的步伐催生出一种旋律般的效果。这一回，类似的记忆总算冲破刚才的恍惚，鲜明地复苏。大约十年前的某个暑假，我第一次来到这座村落，试图从旅馆背后的水车场找条小路穿出去。在仅容一人通过的狭窄坡道上，几名少女说说笑笑地走下来。见此情景，我只想立刻折返，全然不顾自己的夙愿同这样一群少女相遇。我踌躇不前，少女们看到我，笑得越发欢快，朝我的方向大步走来。我觉得眼下打道回府只会让自己无比滑稽，索性不顾一切往坡道上走。于是少女们忽然沉默起来，似乎好不容易忍住笑，眼神里藏着戏谑，各自往坡道旁退开一段距离等我通过，几乎半边身体没入与她们一般高的灌木丛。我想尽快从她们面前离开，结果反而迈不动腿，心脏怦怦直跳，花了不少时间才走过去……那个瞬间，我惊讶地发现周遭再次飘荡着异样的花香。视线转向坡道内侧，原来刚才被我不小心抛诸脑后的野蔷薇，再度把花香捧到跟前来了，仿佛正责备我的随心所欲。是的，那时候少女们组成的绿篱刚好与此刻的野蔷薇花丛一模一样……

那天清晨，不知怎的，我从散发着消毒水气味的疗养院前折了回去。持续近一周的梅雨让对面那些金合欢凋零殆尽，它们此前用出人意料的美捕获过我，现在却不时成片飘落在河川旁的小道上，老远都能看见。

之后便是一连数日的好天气。每天清晨，我起床后会立刻去那附近散步，通常目不斜视地经过那片开花的绿篱，并不长久逗留，我认为只要感受过花团锦簇的野蔷薇给予的间歇性音乐效果就行了。不过，有时单纯为了享受那种音乐效果，我会故意从绿篱前经过，同时把视线投向别处。

某日清晨，我也是那样散步到疗养院门前立刻折返，越过对面的小木桥时，看见雷诺兹博士正往绿篱走去。他就住在附近，现在应该是去医院上班。他一只手拄着一根粗拐杖，另一只手握着烟斗，一边俯身细看着绿篱，一边向我靠近，认出是我后，急忙把视线转回正前方，若无其事地走路。此时的他就给我这种感觉。我看也不看那片绿篱，把头转向一旁径直迎上前去。擦肩而过的瞬间，老人失去焦点的空虚眼神向我展示出某种奇妙的狼狈和不悦，那着实令我感到万分尴尬。

又过了几天，依旧是清晨，我照常沿着绿篱散步。天空中逐渐漾起美好的夏色，我却突然有些悲伤，对它视而不见。不经意地扫了一眼野蔷薇花丛，于是在这天清晨，我头一次发现那些白色小花不知何时附上许多肮脏的黄褐色斑点，好似被蛀蚀殆尽。

* * *

……几年前已坏掉一半的水车一边发出咕咚咕咚的声音，一边孜孜不倦地在小川边转着。附近的杂木林中排列着一栋栋古老的山间小屋，大部分是三四十年前由外国人修建的。那里的小径很复杂，也不知哪条是死路，哪条通向别处。我刚来村子那会儿，独自散步时经常被它们害得惊慌失措。明明的确是条近道，却突然通向外国人喝茶聊天的阳台一侧。我分不清这些小径究竟是私家小道还是近道。有一次，我随意穿梭其间，眼前突如其来地现出一片同自己差不多高的灌木丛，尽头横亘着阳台。一名神色忧郁的少女斜倚着藤椅坐在那里，身穿淡青色短外套，头发蓬松地垂在肩上。少女察觉我的脚步声，猛地朝我转过头。我红了脸，慌忙掉头就走，来不及看清少女的模样。其实几天前，我在旅馆背后的狭窄坡道上与几个少女擦肩而过，这名少女也在其中，眼下如果仔细看去，我一定会认出她，然后狼狈不堪……

我呆呆地站在小径上。从我的方向看去，阳台上的少女掩映在灌木丛中，前方是刚剪除过的青绿草坪，雪白的栅栏将草坪与小径鲜明地区分开。就这样，一切看上去都变了。此时我清晰地想起初见时她新鲜的容颜，与几个月前最后那次会面时的冰冷面容多么不同，后者至今在我眼前明灭不定。我不知道发生变化的是她的容颜，还是存留在我脑海里的幻象。不，也许发生变化的是我自己……

这时我看见对面走来一个人，肩上挑着沉沉的担子，里面装着羊齿植物。原来是旅馆老爷子。我想起曾几何时同他聊过那些羊齿植物。

我按老爷子的嘱咐，跟着他走进庭园。老爷子去庭园一角种羊齿植物，我默默坐在阳台地板上。老爷子隔会儿就问我把它们种在哪里比较好，每到这时，我都会感觉心脏被勒住。

全部种完后，老爷子在我身边坐下，把我递给他的香烟夹在耳朵背后，从自己腰间抽出形似刀豆的烟管。

我竭力摆脱平日沉默寡言的习惯，和喜怒无常的老爷子有一搭没一搭地闲聊。

"老爷子，听说通往山头的途中住着一个疯女人，是真的吗？"

"嗯，她很可怜，精神有点不大正常——早先我们经常给她送些东西去，她也常常笑嘻嘻地从山里摘来各种野花作为答谢……不过，她丈夫是个麻烦的家伙，我们特意送东西过去，他每次都喝得烂醉如泥，说什么'白送的东西凭啥不要'，还训斥我们对他老婆过于同情，后来我们也渐渐不去了，最近更是管都不管啦。"

"据说她发疯时还会跳进河里？"

"嗯，她有时就会干些引起骚乱的事儿，不过旁人有点夸大其词。"

"是吗？为什么又⋯⋯"

我忽然支支吾吾起来，想起了林中空地上外形怪异的藏冰小屋，和它背后传来的莫名叫喊，我又想起住在山头的兄弟不可思议地拥有一片自己的乐园。它们如此反常——孩子们，尽管大人们的疯狂行为看上去不像真的，然而你们已被那样的大人与世隔绝，就在自己的乐园尽情玩耍吧。

和老爷子的对话像一束光，出乎意料地投射在我苦于不知如何展开的故事中的另一位登场角色身上。听老爷子说，雷诺兹博士在村里住了近四十年，为村民所憎恶。某年冬天，这位老医生不在家，屋舍忽然失火，可没有一个村民赶来灭火，为此，老医生耗费二十多年辛苦撰写的论文付之一炬。按老爷子的说法，放火的似乎是村民。（老爷子没有告诉我村民如此憎恶老医生原因何在，我也没有追根究底）——从那以后，老医生把妻子送回了瑞士，至今仍坚持一个人生活，由一位护士照料起居。就这样，老爷子面无表情地讲着雷诺兹博士的故事，从前他对那位年迈的外国人也抱有某种敌意，它像道伤口留在那里，不知是村民愚蠢的烙印，还是为了纪念老医生的执拗性情。听着听着，我感到莫名地悲伤，因为自己曾那样喜爱他的医院背后那片开着蔷薇的绿篱。

我坐在阳台地板上胡思乱想着，直到老爷子又搬来羊齿植物，我默默地看着他种下它们，视线追着他瘦骨嶙峋、让人触目惊心的手背，突然想起"巨人的椅子"，等不及老爷子种完羊齿植物，我就同他道别了。

几分钟后，我已来到往常那栋废弃小别墅的庭园，从那里可以眺望"巨人的椅子"。老爷子没有告诉我从前住在小别墅里的两位老妇的故事。"啊，是Seymore女士吗？"他淡淡说了这么一句，似乎知道些什么却又记不大清了，然后一脸不高兴地沉默着。

"如此一来，只有你知道了啊。"我目不转睛地看着遥远彼方与我隔了一片高原的"巨人的椅子"，仿佛在附近搜寻消失不见的巨人身影。

夕阳西沉，脚下方向的山间小屋已经住了人，记得曾有小鸟在它的赤红色屋顶上交尾。小屋的窗户敞开着，橙色窗帘因风拂动。

有时能听到送货的商店伙计吃力地推着自行车走到小屋门口。我感到自己今后没法再来这个空荡荡的庭园发呆了。眼下说不定就是最后的时刻。于是，我把一半视线分给这栋荒芜的小别墅，另一半投向远处绵延不绝的森林、野花盛开的原野、别墅、暮色中若隐若现的山丘、只剩下黑漆漆轮廓的"巨人的椅子",以及整座美丽村。然而有时我会察觉自己对周遭一切视而不见,又陷入精神恍惚的状态,不由得吓一大跳。

突然,我的头顶上方飞来一只山鸠,停在那棵冷杉水平伸出的树枝上,吧嗒吧嗒扑扇着翅膀吓人一跳。冷杉很高,周围光线薄暗。它看见我似乎很吃惊,立刻飞走了,身影在微暗中显得越发庞大。我感到它犹如自己的创作灵感,沉重地扑扇着翅膀,羽毛泛出让人毛骨悚然的青光……

夏

　　我的房间窗户面向庭园。有一天，我忽然发现早已凋谢的杜鹃花丛对面，旅馆别馆的窗边，似乎盛开了一朵向日葵，在阳光下闪闪发光，那般出乎意料、鲜艳夺目。仔细一看，原来是名戴着黄色麦蒿帽子、个子高高的纤瘦少女站在那儿。她似乎在等谁，从刚才起就在庭园中谨慎地四处打量，最后她的视线落在我脸上，而我正透过窗户呆呆凝视着她。这样的初见，大部分少女都会故意把头从对方的注视中别开，表示自己对此人毫无兴趣，然而，与混杂着害羞、高傲的视线截然不同，这名少女的视线就停在我身上，饱含率直和好奇。我觉得它分外耀眼，几乎移不开目光。这个瞬间——出现在我眼前的少女带给我的最初印象，是她深深扣在头顶的黄色帽子以及帽檐下神采奕奕、富有特征的目光，除此以外我都记不清了。不久，她父亲从别馆出来，两人从我窗前斜穿而过，少女似乎比他父亲还高些。父亲不停对她说着什么，少女一边心不在焉地回答，一边透过杜鹃花丛望向我，目光神采奕奕、富有特征。两人离开庭园后，我仍注视着刚才她像一株向日葵般出现的窗边，目光空茫，好一会儿才恍然回神。窗边给我的感觉和平日完全不一样了，因为在我不知道的时候，那里已经飘浮着夏天的味道……

那天傍晚，我搬去了别馆（此前我独自居住的偏僻本馆展开了修缮工程）。少女的父亲出发离开，于是别馆内除了我和少女比邻而居，再也没有其他客人……

然而我每天闭门不出，几乎永远关在屋内埋头工作。我正在书写的故事《美丽村》，记录了这个六月，我在盛季之外、人烟稀少的高原村落遇见的一切人与事。出于对昔日恋人的顾虑，我从这个故事的里层切入，赋予它淡淡的悲伤阴影，并为此满足。所有记忆都苏醒了，几年前和她们在村里五彩斑斓的交往，尤其是初见的喜悦，还有某日小道旁盛开的野蔷薇，它们好像地下水终于寻到意想不到的出口，喷涌到故事沉静的表层——现在我已经写完这部分。后来，少女们对往昔种种愉悦的相遇毫不留恋，纷纷离我而去，我格外害怕与她们中的某人尴尬重逢，于是悲哀地决定在季节逝去之前离开村子。是的，这就是我打算给故事安上的结尾。

我的新房间位于别馆二楼深处，窗户朝南。窗外是几棵高大的樱树，透过它们能隐约看见几栋小别墅的背后，这些别墅正对着那条位于高处的水车小道。窗户正下方是我和少女们初遇的小小坡道，又细又窄，像是从灌木丛中辟出来的。为了让自己专心工作，在只有我们两人留宿的别馆中，我故意对这名陌生的少女避而不见。因此，我注意到少女每天都会在固定的时刻拎着画具箱，从我窗下的近道往水车小道的方向走去。午前时分，阳光透过树叶洒在地面，形成豹皮般的美丽光斑。我看见少女小心地走上斜坡，险些滑倒，又目送她高挑纤瘦的背影走去水车小道，接下来不知她会选择哪条小径，去何处画画。附近的小径十分复杂，我刚来村里时也数度迷路，不过这个发现奇妙地拉近了我们的距离。我一边搜寻可供画画的场所，一边担心着在陌生小径上徘徊的她。

* * *

　　最初，我只是从窗口望着少女，或者在走廊和她擦肩而过时偷偷瞥去一眼，尽量避免视线相撞，所以我一次也没有仔细瞧过她的脸。而我每次看向她时，她恰好不停地变换动作，光线从各个角度照射在她身上，那张脸也随之改变。有时，在深深扣着的黄色麦蒿帽子下，那双藏在帽檐阴影里的大眼睛闪闪发光，完全不会融入别的五官。有时她没戴帽子，站在庭园刺目的阳光中，微微眯着眼睛，收起眼底一半的光华，此前毫不起眼的嘴唇绚烂得如同一颗新鲜草莓，接着那张脸又变成另一种模样。

不久之后，我们终于交换了简短的对话，于是我不再拘谨，时常仔细打量她的脸，惊讶地发现她的脸一直拥有不绝的变化。有时她的脸蛋红扑扑的，很光洁，好几次我那游移不定的视线从上面轻轻滑过。有时她脸带倦意，皮肤不再透明，底下沉淀着莫名的堇色。刚这么想着，又见那肤色变得剔透，底部微微呈现蔷薇光泽，和从前我在她脸上见过的有些相似，但我知道它们绝不是一模一样。

某天，作为《美丽村》的附记，我半开玩笑地用彩色铅笔画了张村落的地图，然后铺在她面前，指着那些像是瑞士乡间常见的景物，把我知道的可供入画的地方一一告诉她，哪里是小桥、何处有山间小屋、哪里分布着落叶松林等，并用钢笔标注记号。她热心地观察那张奇特的地图。我看着她的侧脸，发现她耳朵背后有一颗黑痣。之前我一点没有察觉，它恍若我无意用钢笔画上去的污点，擦一擦马上就能不见。

第二天，她告诉我已经带着我借给她的地图，很快把上面描出的路走了一遍。这真是带给我莫可名状的欢喜，因为她如此坦率地接受了我的好意。

* * *

凭着手里的村落地图，她独自散步时发现了一处场所，位于某条小溪边上，冷杉的枝叶像洋伞一样大大撑开。她把画架摆在树下，我站在一旁，透过金合欢的树枝能清楚地看见远处雪白的小木桥。我目不转睛地注视着它，仿佛这才是我们的初见。其实六月中旬我已经见过它了。那日，我随住在山头的兄弟俩一起下山，我们在小桥边道别，它给我的印象着实深刻。

我见她蹲下身，正往调色板上挤颜料。怕打扰她作画，我留她在树下，自己随意沿着小溪往上游走去。可我只顾着在意身后的她，一点也没发现小径拐角的对面藏着一丛灌木，像是专程埋伏在那儿，等我漫不经心地转弯，灌木枝恰好钩住我的毛衣。我不由得停下脚步，低头一看，是一丛凋谢的野蔷薇。费了一番功夫，终于从锐利的花枝间扯出毛衣，我再次看向花丛，在它开满白色小花时的盛季，我曾多么殷勤地日日跑来赏花。如今所有花朵消失无踪，我路过它却没有认出它。像是对我全心全意的报复，它甚至钩破了我的毛衣。好一会儿，我站在这片完全凋谢的花丛前，不觉想起如同野蔷薇的白色小花般离我远去、不知散落何方的少女们。这几日，为着一名新出现的姑娘，我时常忘记从前邂逅过的少女。说起来，眼下又到了少女们纷至沓来的时节。趁着她们还没出现，我早些离开这座村子或许更好些。对，必须如此——自言自语的同时，我怀疑是否真能轻易丢弃眼下好不容易得来的全新幸福，然后在山道上徘徊了近一个小时，到头来根本无法得出结论，我拿自己没办法。我一边走，一边无意识地拉着毛衣，结果等我察觉时，鼠灰色毛衣肩部小小的开绽已经变得很大很显眼。我再次沿着溪流边的小径往回走，等到能看见前方的雪白小木桥和洋伞似的高大冷杉，我放慢了脚步，故意闭上眼睛。我想从那片树荫里亲自找出自己看不见的某样东西，就像我找出那些近在咫尺、突如其来又出乎意料的事物一样……终于我忍不住睁开眼，可她离我还有十步左右，正蹲在树荫下刮她的调色板。接着她站起身，好像丝毫没有注意到我，从画架上撕下刚涂了几笔的画布，随手扔向路旁的草丛，动作甚至有些粗暴。被她扔出的画布轻飘飘地落在草丛上。见此情形，我赶上前去。

"我来拿吧。"

"不用了，平时我也是一个人。"

"你故意的！"

"我就是故意呢。"

我一边同她如此孩子气地讲话，一边强行抢过那张画布，夹在臂弯里，两人并肩往旅馆的方向走去。有时一些散步的西洋人或村里的小孩会和我们擦肩而过。他们稀奇的目光投在我们身上，令她觉得非常难为情，她还没有习惯这座村子的生活。我竭力想让她放松心情，抬起空着的那只手，对她说："你看，这里破了个洞……刚才一个人散步时，被野蔷薇钩破的。"

我一点都不在意这么做会把破洞撑大，为了让她看得清楚些，我还扯过自己的毛衣。然后我想，要是独自离开村子，就得扔下这名相处融洽的少女，我是无论如何也做不到了。

* * *

某天，我的小说《美丽村》终于定稿，比预计时间晚了很多。七月已经过去一半。我本来的计划是完成小说后立即启程离开，如今为了一名少女，一再推迟出发日期。这座被我用作故事舞台地的村落，在盛时之前静谧得让人毛骨悚然，如今渐渐进入夏季，我目睹避暑客们陆续到来，感到胸口又被勒住似的窒息。

吃过晚饭，我时常和那名少女在旅馆背后、西洋人别墅群集的水车小道附近散步。有时我们会在散步途中偶遇村里的小孩，大约一个月前我曾陪他们玩过游戏。他们像是完全

238

不认识我，从我们身边径直通过。是不记得我了？还是看到我和一名陌生少女结伴而行，感觉奇怪，故意不理不睬？最初他们时常穿梭在树林里，后来就和各种林中小鸟一块儿消失不见。取而代之的，是与我们擦肩而过的人，或是在散步，或是骑着自行车，越发频繁地投来好奇的目光。其中有些还是我的熟人。我暗自郁闷，想着会不会同昔日的女性朋友不期而遇，为了避开她们，只要在散步途中远远看见酷似的人，我就慌慌张张拉着她躲进连路都没有的草丛，往往让一无所知的她吓一大跳。

　　我带着她在暮色降临的树林中走着，此前我曾一个人百无聊赖地在这附近散步。我把曾经无比喜爱的瑞士式样的山间小屋、美丽灌木、羊齿植物指给她看。我觉得不可思议。如今它们全然丧失了魅力。可在她面前，我不得不竭力装出仍旧喜爱它们的样子——我是这般在意，心中眼里近在咫尺的她。在光线微暗的小径边，她的身体靠着我，想把它们看得更清楚。我目不转睛地凝视着她柔弱的肩膀，我想如果伸手轻轻搭上去她应该不会拒绝。于是我上半身有时会向她靠拢，想若无其事地伸手搭在她肩上。我的心忽然怦怦直跳。那个瞬间，耳畔响起更为激烈的心脏鼓动之声，却是来自她。这草图般轻描淡写的爱抚戛然而止……我尚未知晓真实的爱意是何滋味，我猜两者给予我的奇妙快感其实没有什么不同，所以从这幅草图已能尽情品味。

＊　＊　＊

邮局、食品店所在的本街南侧就是与它并行的水车小道，这两道平行线被几条狭窄的横街斜斜切断，走进其中一条，能看到两家花店，店面小小，屋顶铺着菁草，在村里却很有名。店铺四周环绕着大片美丽的花田，面积约为它们的五六倍。一条小川将花田一分为二，发出愉悦的潺潺水声。直到几年前，那些古老的水车还在上游咕咚咕咚地转着。花田越过水车小道，往对面绵延。早先花期时节，村里各处花香四溢，这两家小店总是容易被人遗忘。没过多久盛季逝去，野花凋谢，花店人工培育的各种珍稀花卉不约而同地绽放，惹得行人纷纷驻足。路过这两家花店时，如果仔细观察，行人常常会惊讶地睁大眼睛。其中一位花店主人呆呆坐在屋里，是个身材瘦小、穿着棋盘条纹白衬衫的老人。接下来走到另一家花店前，会发现主人也是个身材瘦小、穿着同样棋盘条纹白衬衫的老人，像刚才的花店主人一样，呆呆坐在屋里，望着来往的行人。唯一不同的是，前者身边陪着的老伴头发蓬乱，身材肥胖，这位主人的老伴身材干瘦，有点儿斜视，两人形成鲜明的对比。就是说，两家花店的主人是对双胞胎兄弟，可奇怪的是，他们关系非常糟糕，只会在夏天好声好气地跟对方打招呼、做生意，夏天一过，立刻开始孜孜不倦地吵架，冬天的时候，甚至不和对方讲一句话。这条有着两家奇怪花店的横街上，种着几棵小小的冷杉和枫树，最靠前的枫树下新挂了一枚木牌，上面写着"出售冷杉两棵、枫树三棵"。横街两侧的花田上盛开着向日葵、大丽菊等许多珍稀花朵。

听我讲完两家花店的故事后，她很快把注意力投向我格外喜欢的横街。

一株古老的樱树撑开繁茂的枝叶，撒在水车小道上空，从这里开始花田地势变得低平，对面有块天空蓝的店招，以白色罗马字镂刻着店名，隐在红红黄黄的花朵间，店招明明和这些花一般高，却总是清晰地浮现在眼前。某一天，她站在樱树下，用标着第五十号的画布，画下了这个角度望去的花店屋顶和那片花田。

水车小道上来来往往都是住在附近别墅的人，他们很快围在她身边看她画画，我感到困扰，一次也未曾靠近她作画的地方。我不希望在引人注目的场合被熟人看见我和她关系亲密。于是，我把自己关在旅馆房间里，为小说原稿做最后的润色工作（在此期间，让我最为挂念的，果然还是她）。某天清晨，我从旅馆背后的坡道走去水车小道，想远远地瞧一瞧她作画的样子。我站在小道对面的高大樱树下，只能看见她手上不断移

241

动的调色板。不一会儿，一个站在她旁边瞧着画布、头戴贝雷帽的年轻男子上前与她搭讪。我一边焦躁不安地等待着，一边暗暗期望那个男子快点从她身边离开——

"刚才那个人是谁？"男子终于走了，我急忙赶到她身边，若无其事地问。

"他说他是个画家……我一点也不开心，在这儿画画总是被人盯着……"

她故意皱着脸，然后用让旁人有些畏惧的目光注视着眼前的花田。我非常清楚，每当她专心致志地作画时，眼神就会变得犀利严肃，像个男子。我默默站在那儿，不再说话……

像这样，即便同她分开很短的时间，她在这座村子里独自邂逅的一切都让缺席的我感到莫名不安。有一天，她说在从前的水车场附近，我告诉过她的地方，屡次遇见一个背着花篓、挂着松叶拐杖、一边擦汗一边走下坡道的瘸腿卖花小哥。于是我对这个素未谋面，却和她打过数回照面的瘸腿卖花小哥无比在意，连自己都觉得好笑。

* * *

某天清晨，我在窗边目送她拎着画具箱走上旅馆背后的坡道，之后失神地倚着窗户，过了一会儿，我看见一个背着花篓、戴了顶小帽子的男人一跳一跳地走上坡道。仔细看去，他手上挂着松叶拐杖。啊，原来是他。那个她想以他为模特作画的瘸腿卖花小哥！他的背影让我并不十分肯定，村里卖花的大多是风烛残年的老人，而这个男人似乎十分年轻。由于身体的残缺，我感到就连卖花这般举动都染上了某种哀伤的色彩——几乎是在看到他的瞬间，我想起她说希望画一画眼前这个悲哀的瘸腿身影一事，之前对他怀抱的轻微嫉妒就消散无踪了……

　　我想起几日前在水车小道上态度亲昵地对她搭讪的画家。那个戴着贝雷帽的青年，我没有看清他的容貌，但他的影子模糊地留在那里，让我更加惴惴不安。那天之后，她再也没有提过画家，我甚至怀疑她曾无数次私下和他相会，在我不知道的时候，两人关系日渐亲密。后来，我们又遇见了那个画家，这次相遇让我心底的疑虑一发不可收拾——她终于画完花店，开始搜寻下一个可供入画的场所。某个晴朗的清晨，我和她走得有些远，朝着疗养院的方向而去，我们已经很久没去那里。路过教堂时，透过窗户能隐约瞧见里面围着一些西洋人，似乎在举行一个小小的集会。我们刚打算走进教堂背后人烟稀少的橡树林，前方林中小径上漫不经心地走来一个男人。他没戴帽子，手上拿着的似乎是素描簿。"是那个总跑来搭话的画家呢……又遇上他了。"经她提醒我才注意到，这个男人就是之前戴着贝雷帽的画家，最近他总是没来由地让我感到苦闷，除此之外，未曾留给我任何别的印象。男子漫不经心地朝我们走来，我竭力别开视线，忽然语速极快、没头没脑地跟她讲了一通话。我想以此吸引她的注意力，以便让她没工夫搭理那个男人。而她似乎对我的话提不起兴趣，心不在焉地回答着。因为我在她身边，所以她只用满含好意的目光非常暧昧地凝视对方。至少她给我这样的感觉。然后，男人亲密地和她交换了一道意味深长的视线，或许在此前我不知道的那些相会里，两人也是这般视线相交。接着，他脸上突然浮起一抹了然的笑意，轻轻点头示意，从我们身边走过去。

我陷入一阵沉默，像在思考什么。我们穿出橡树林，沿着一条美丽的小川继续走。我不知道自己刚才感受到的一切有多少是真实，又有多少是无凭无据的猜疑，只是闷不吭声地低头盯着自己脚下。我始终不去看她，仿佛害怕知道那些猜疑的明确答案。终于我忍不住抬起头，沉默地看向她的侧脸。她似乎为我的沉默而苦恼，这有点儿超乎我的想象。我负气地盯着她无精打采的样子，突然感到很后悔。在这样的混乱心情下，我不顾一切抓住她的手腕。起初她挣扎了一下，后来就放弃了，神情有些悲伤。几分钟过去，我恍然惊觉她依然被我困在臂弯里，心中涌起难以言喻的欢喜。

我们生硬地牵着手走过熟悉的小木桥。然后逆流而上，踏入通往疗养院的小道。两旁绵延不绝的野蔷薇绿篱间，再也看不到怒放的白色小花，只剩茂密的叶子。盛季里它们争先恐后的模样不容分说地钻进脑海，可不管它们如何喧嚣，也没能让我丝毫动容。一切都和那时不同了。我忽然觉得责任全在自己身上，不禁有些郁闷，等透过绿篱看到疗养院的赤红色建筑时，又恢复了几分喜悦。疗养院的庭园里开满黄艳艳的法国菊，我指着庭园对面的日光浴室让她看。刚好那里有个处于康复期的外国患者，正靠着藤椅，抬起上半身，忧郁地望向我们。

接下来，我们沿着小小的川流继续前进，渐渐走到镶嵌着金合欢树边的河川小道，然后笔直往前。金合欢盛开的时节，这条小道踩上去那样柔软、新鲜，如今变得凹凸不平，甚至格外肮脏，飘着难闻的气味。而且这些金合欢树实在矮小，根本没法遮住刺目的阳光，走在这条小道上，只觉比之前还要暑热。我们中途就拐出了小道，来到疗养院背后一片宽阔的空地上，这里长着一面芦苇，给人些许荒凉之感。村子的那片山头，以及环绕着它的几座小山无遮无拦地耸立在我们正前方——梅雨季节，或许是抑郁的心情所致，我们总觉得那里藏着某些神秘的事物。此时，山头整个沐浴在盛夏的光线中，仿佛燃烧着什么，一种火焰般摇曳飘忽的感觉迫近视界……

她说想画一画这些几乎燃烧起来的群山，就用疗养院的赤红色屋顶做近景。接着，她毫不在意那些耀眼的阳光，在空地上稍高的一角摆好三脚架，斜斜地戴着一顶运动帽，坐在上面开始画草图。她不时从帽檐下扬起头。她的脸看上去闪闪发光。

为了不打扰她作画，我像往常一样留她一个人在那里，而后再次走上刚才的河川小道，挑了一棵高大点儿的金合欢树，坐在树荫下，出神地盯着面前的一只鹡鸰，它正沿着河岸飞一会儿又走几步，模样有些寂寞。突然，从背后的疗养院方向走来一位车夫，吃力地拖着一辆沉重的载货车。我站起身，打算为他让路。仔细看去，那是一辆垃圾车。我一边想着这真是了不得的车子，一边走到路旁的灌木丛中。我将整个身体都埋了进去，扭头看向一旁。终于车夫拖着垃圾车从我背后走过，我状若无意地瞥了一眼，车上堆满罐头瓶子、玉米叶、泛黄的英文报纸、枯萎的花花草草。这真是一种肮脏紧凑的美。我感到车子驶过的地方，始终飘浮着腐烂果皮的气味……这辆垃圾车呈现出这座外国人众多的村落所独有的美感，它是多么有趣。我目送它远去，再次无意识地坐回刚才的金合欢树荫下。不过几分钟，背后又传来车轮碾过地面的声音。我不得不站起身，于是看见和之前那辆一模一样的垃圾车。接下来的一小时内，河川小道上差不多驶过了十辆同样的垃圾车。前面某处一定就是垃圾场了，想到这儿我恍然大悟，难怪疗养院的这条小道变得凹凸不平又如此肮脏。几乎是在同时，脑海中掠过一个念头，原来村里已经来了这样多的外国人吗？我着实有些目瞪口呆，长长久久地注视着最后一辆刚从背后驶离的垃圾车……

幽暗山道

　　"我完全不明白咱们这是要去哪儿？"她稍稍抬高了声调问。

　　"其实我也不知道……"我一边回答，一边看向她。天色昏暗，我看不清她雪白脸孔的轮廓，也辨不清我们所在的山道通往何处，只好故意开了个玩笑敷衍过去。

　　——那天，我跟她讲起我在《美丽村》中写到的曾经住着两个老妇、后来废弃掉的古旧小别墅的故事，她似乎很想亲眼去瞧瞧，虽然我是没什么兴趣的，但一想到从那个荒芜的阳台上望去的夕阳很美，于是晚饭后，决定不管怎么样先爬上那栋小别墅再说。我猜它的模样依然没变……可走着走着，我忽然厌烦起来，离它越近这种情绪越明显，好像我是去见证梦境的残骸一般。我觉得天快黑了是个绝佳的借口，就跟她说接下来的山道还很难走，很快我们决定中途折返。回去的路上，我特意选择与刚才相反的山道，带着她从她不熟悉的见晴之丘的方向往回走，不知怎么搞错了路，明明记得从那里下山就行，却渐渐又变成了上山，我感到我们离村子中心正越来越远。我很惊讶，原来村子里还有这种我不熟悉的地方，可我表面装得再熟悉不过似的，动作麻利地给她带路。后来我们不再交谈，不知何时天完全黑了下来。道路两旁的落叶松林无止境般往前蔓延，枝繁叶茂处，我连她穿的蔷薇色连衣裙也看不清。有时我们的肩膀撞在一块儿，我才感觉她依然走在自己旁边。正这么想着，树林深处小别墅的灯光冷不丁透过枝叶洒在了肩上，不知不觉间我和她的身体靠近又分开。眼前逐渐增多的小别墅，让我们多少安下心来。

突然，我停下脚步，心口像被紧紧勒住了。看见这些记忆中的小别墅时，我忽然想起如果继续往前走，就不得不路过从前我的女性朋友的别墅，可这些日子我是那样努力地避开它。旅馆老爷子告诉我，她们一家两三天前到了村子。眼下我已经拉着她走了这么久，疲倦得很，也没力气再往上爬，于是横下心带着她往别墅走去。离别墅越近，我越感到窒息般地痛苦，心脏依旧被紧紧勒住。别墅的雪白栅栏终于出现在眼前，栅栏内的草坪上洒满灯光，对面的窗户大大敞开，可以看见似曾相识的古老圆桌的一角。显然人们刚吃完晚饭离去不久，桌上尚未收拾，散乱地摆着裹起来的餐巾、残留着果皮的盘子、咖啡杯等。我意外冷静地看着它们在煤油灯下闪闪发光的模样，大约因为刚好谁也不在，又或许那个瞬间，我的不安已经突破了极限？总之，我怀着近乎平静的心情，加快步伐从白色栅栏前走了过去。她丝毫没有察觉我内心的动摇，有些惊讶地跟在忽然匆匆而行的我身后。

"还要走很久吗？"她略显不安地对我说。

"嗯……我越来越搞不清楚方向了。"

"别这样说啊……"她分不清我是认真的还是开玩笑，终于有些生气了，用责怪的语气说，"不早点回去吗？"

"那么请你一个人回去吧。"我回答道，甚至在脸上浮起一抹微笑来。

"心眼真坏！"

"因为，你看，那边你知道的吧？"我指着前面昏暗中传来潺潺流水声的方向，快活地说，"那不是水车小道吗？"

"啊，真的呢……"她不可置信地顾盼四望。

我们已经走出了林子，站在从前的水车场附近。在这里道路一分为二，一条通往水车小道，一条通往本街。无论走哪条，都能很快回到旅馆。如果走水车小道，就不得不沿着那条陡峭的坡道而下，于是我们选择从本街回去。在小路尽头拐弯走去本街方向时，我看见本街入口处，刚好从旅馆前方，迎面走来五六个人，灯光朦胧微明地把他们圈在其中。我猛地顿住。他们看上去似乎是我从前的女性朋友和她的朋友。我急忙抓住身边姑娘的手腕，迅速对她解释，要是这会儿被对面那群人抓住，问东问西会很麻烦，我并不擅长应付他们。而后我们折回了水车场的方向，并肩站在刚才传来潺潺水声的小川边上，谨慎地判断他们到底会往哪边走，是直接顺着本街而来，还是穿过旅馆背后的坡道回去。因为注意力都放在对面那群人身上，我们完全没察觉背后，有几人正从刚才我和她穿过的那片林子走出来，持着手电筒。沐浴在突如其来的光线中，我们吓了一跳，赶紧离小川远了些。然而持着手电筒的男子也目瞪口呆，似乎没想到有人站在这种地方。

他注意到其中一人是我，不甚确定地说："是××君吗？"

我越发吃惊，皱着脸微眯起眼睛回头一瞧，发现对方是我学生时代的一个朋友。他身后站着两三个年轻女子，是他的妻子和妹妹们，正透过黑暗疑惑地凝视着我们。

我对她们点头示意，有些难为情地笑道："原来是你们啊！什么时候来这边的？"

"昨天来的。刚才去找过你，旅馆的人说你不在，于是我们决定去细木那儿看看。可他们一家似乎都出去了……"

没等朋友说完，我就看见从本街拐角方向走来了一群人。

"没关系，不如现在就上我那儿吧。"

我扔下这句话，率先一个人匆匆朝水车小道的方向走去。路过两三栋别墅后，前方一片漆黑，我又抢先大步跨进那条草木深深的坡道，顺势而下。终于他们在我身后挤作一团，借助唯一一只手电筒，吵吵嚷嚷地跟了上来。

"竟然还有这条小路，从前我一点都不知道呢。"快要走下那条小小坡道时，朋友年轻的妻子自言自语地说，声音尽在耳边。

我不经意地想起，几年前在这条坡道上邂逅过的数名少女中，可不就有她——那场邂逅令我印象深刻，而身为当年那些少女的一员（恐怕其他少女也和她一样），她竟对此毫不上心，还从记忆中把它删除得干干净净。于是，她自言自语的模样让我感到一种莫名的嘲讽。我不由得在意起她脱口而出的那句话，头转向别处，站在那儿等大家走下坡道。突然，不知是谁脚下一滑，"啊"地低叫一声，有什么重重倒在坡道上。我抬头看去，坡道上不停滚落着某样东西，仿佛开着花的灌木。其他人站定后，纷纷回头看着最后一个从坡道上走下来的少女。我呆呆注视着面前的一切，一步也没有挪动。我意外想起每天清晨在这条陡峭的坡道上来来回回的瘸腿卖花小哥。那家伙为什么偏偏选了这么条危险的坡道呢？我就这样毫不在意地思考起跟眼下场景全然无关的事情来……